Lost Paradise

AF220478

Annette van den Bergh ist freie Autorin und Bloggerin aus Berlin. Studium der neueren deutschen Literaturwissenschaft und Philosophie. Tätigkeiten als freie Kulturjournalistin und Coach sowie Kommunikationsberaterin von Kunstschaffenden.

Annette van den Bergh

Lost Paradise

Short Stories

Bibliografische Information der Deutschen Nationalbibliothek: Die Deutsche Nationalbibliothek verzeichnet diese Publikation in der Deutschen Nationalbibliografie; detaillierte bibliografische Daten sind im Internet über dnb.dnb.de abrufbar.

© 2022 Annette van den Bergh
Titelbild: Paul Klee, „Armer Engel", CCO
Herstellung und Verlag: BoD – Books on Demand, Norderstedt

ISBN: 9783756887217

Punkt am Horizont

Ich saß im „Lost Paradise". Es war nach 22 Uhr, also die Zeit, in der die Männer nach Frauen und die Frauen nach Männern Ausschau halten. Ich schaute in meinen Wodka-Martini. Auf dem Grund des Glases sah ich ein großes, rundes Auge. Es zwinkerte mir zu.
„Ich bin blau", dachte ich.
Panthergleich hatte sich ein Mann zu mir geschlichen. Er stellte ein weiteres Glas Wodka-Martini mit Fähnchen vor mich hin, setzte sein Hai-Lächeln auf und sprach, wie ein Kater um diese Uhrzeit so spricht: Blablabla.
 Nächte sind lang, nur eins macht uns bang, bleibe ich alleine oder nicht?

 Also ließ ich ihn reden, reden, reden von weiß ich was. Es war nach 22 Uhr, die Zeit, in der es langsam Zeit wird und ein Lächeln genügt da fast immer. Der Rest ist egal. Die Männer reden, die Frauen lächeln. So will es das Gesetz. Der Mann mit dem Hai-Gebiss redete frontal in mein Gesicht hinein. Zuhören war völlig Banane.

"Windschnittig den Kanal entlang flutscht immer"! Ein Flüstern in meinem Ohr. Deine Stimme. Hell und blechern. An meiner linken Seite. So klingt kein Engel. So klingt kein Teufel. So klingelingst nur Du. Streichholzarme umfassen meine Schultern. Ich zucke ein "ich kenne Sie nicht". Ich drehe mich ruckartig um und ich blicke dabei: In die größten Augen der Welt. Diese Augen sind von einem Blau, dessen tiefe Dunkelheit den Grund des tiefsten Meeres gesehen haben müssen. Drumherum schwarze Wimpern. Riesen-Augen, Kraken-Augen, Seelen-Fenster - undurchdringlich in ihrem einladenden Strahlen.

"Du erkennst mich", flüsterst du nun beschwörend in meinem Nacken. Dabei steht der andere Er vor mir und redet weiter auf mich ein. Windschnittig den Kanal entlang redet er und will mich mit sich ziehen. Doch seine Augen sind nicht blau, seine Augen sind nur noch lau. Einer verliert, ein anderer gewinnt. Gesetz ist Gesetz. Und ich folge dem Blau. Das Blau zieht mich zu sich. Das Blau treibt mich in die Weite. Ich will fliegen, wenn ich in deine Augen schaue. Ich bin ein kitschiger Schlager geworden, mein Herz gibt den Takt dazu.

Wie kamen wir eigentlich zu mir nach Hause, an diesem ersten Abend unserer Begegnung? Träumte mir nur, dass du mich auf festen Armen über Straßenrinnen und Gehwege trugst, bis mir schwindlig wurde? Du verschlingst mich in dieser Nacht und ich verschlinge dich im kommenden Morgengrauen und das Erwachen ist nicht mehr einsam in dieser rauen, verödenden, gewaltvollen

Welt. Nein, das Erwachen, mit ineinander verschlungenen Gliedern von Zweien zu einem einzigen Flügel-Tier, ist berauschender noch, als die gestrigen Wodka-Martinis es verheißen konnten. Wir sind fortan Zwei in Einem. So will mir scheinen, so blickst du mit deinen tellergroßen Augen in die Welt, ausschließlich um mein Spiegelbild darin spazieren zu tragen.

Das Leben kann einen besoffen machen. Dein ausgemergelter Körper, das Schwarz deiner Haare, das Blau der größten Augen der Welt, deine Spannkraft in jeder Sehne und der Funke deines Sehnens. Und nun mein Wünschen, nach so langer Zeit, mein abgestorbenes Wünschen nun wunschlos beheimatet. Ich tanze durch den Tag, dein Name ist EGAL, so nenne ich dich, denn meine Fragen gefallen dir nicht. Jede Frage lässt dein Glühen erkalten, jede Frage macht das Blau deiner Augen erblinden.

"Es tötet den Zauber, die Fantasie, die unserer Zweisamkeit Heimat ist", sagst du mit schepperndem Ton im Tenor und machst mich erzittern. Bist du im Recht? Ist dein Name egal? Mein Name ist mittlerweile unwirklich geworden, denn in jeder Stunde, in jedem Tag, heiße ich für dich anders und neu, passend zu meiner und deiner Stimmung, passend zu Sonne und Mond, passend zu Stern und allen Wettern. Den Wettern, deren Wandel Bestand bedeutet. Du zauberst, du malst, du findest und die Welt bleibt außen vor, es sei denn, wir dürfen sie umformen, anstreichen, besprühen in unseren Farben, damit sie wird, wie diese Mauer hinter meinem Haus, diese ehemals graue Mauer, dieser Spielplatz der Graffiti-Sprayer meines Bezirks. Bunt machen, was grau ist.

"Damals hinterm Mond ist heute", lächelst du mir küssend auf die Brust, die weiße, hinter der du mein rotes Herz schlagen hörst. Wir geben uns Antworten und die sind die wahren Antworten, denn wir haben sie nicht bekommen, sondern gefunden. Dein Leben ist Dada, dein Leben ist Surrealismus, kurzum, Du bist mein Manifest geworden und jeder Zweifel durchbohrt deine Seele. Und ich? Ich habe Spaß damit, ich taumele durch den Alltag wie ein Schmetterling über Wiesen. Wiesen mit Blumen darin, deren exotischer Duft ihr filigranes Leuchten in wiegenden Formen umhüllt und zu sich lockt. Leben ist Kunst und Kunst ist Leben. Und nach drei Wochen des gelebten Rausches, mit und ohne Wodka, kommt der erste Tag, an dem du nicht bei mir sein willst. In der Nacht, vor diesem Tag, beugst du dich über mein zerzaustes Haar, dein dünner Finger bohrt ein Loch in meine Stirn:
"Pause" stöhnst du in dieses hinein,
"machen wir eine Pause, du meine treue Tomate".
Dazu lässt du eine süße Träne, aus vorzeitig empfundenem Trennungsschmerz, ins Dunkel

meiner Gedanken hinab rollen. "Machen wir eine Pause, eine köstliche, grausame, belebende Pause, danach sind wir wieder wie neu zusammengesetzt!". Und schon ziehst du die Tür meiner Wohnung ins Schloss.

Mein möglicher Widerspruch ist unwidersprochen ad absurdum geführt. Ich reibe mir meine Augen. Welche Farbe die haben, weiß ich nicht mehr, ist auch egal, jetzt, wo du weg bist, oder habe ich das nur geträumt? Ich zwicke mich in den Unterarm, er schmerzt, alles in mir schmerzt und doch weiß ich, eine Pause würde mir gut bekommen können. Vielleicht fände ich in dieser freien Zeit einen neuen Namen für mich, einen der bleiben kann, weil er MEIN ist und vielleicht würde ich dann auch die vielen, verschiedenen Farb-Punkte in meinen Augen erkennen können, um die leuchtende Mixtur als eine einzige Farbe einzufangen, die mir nicht mehr verloren geht. Vielleicht schliefe ich jeden Tag bis in die Puppen oder vielleicht finge ich ein berufliches Projekt ein, gut bezahlt, so eines, das ein bisschen Ehre mit sich bringt. Vielleicht, vielleicht, vielleicht! Oh, ich vermisse dich jetzt, da ich aufrecht, alleine und bis auf die Knochen vereinsamt, zitternd auf der Bettkante sitze. "Treue Tomate", diesen Namen jedenfalls will ich nicht, das weiß die letzte, funktionierende Instanz in mir. Bis der Abend kommt, esse ich nichts, liege auf meinem Bett und rieche deinen Duft. Ich sauge deinen verbleibenden Rest-Duft ein wie ein Tier, mit geblähten Nüstern und rekele mich und strecke mich und werfe meine Haare wie Plunder hinter mich, denn es wird Zeit. Zeit, um etwas gegen diesen hoffnungslosen Zustand innerer Taubheit zu tun.

Also erst einmal ins "Lost Paradise", wer weiß, vielleicht kommst du dort hin, du wirst mich doch suchen, in deinem bestürzten Vermissen. In diesem Paradies der Nacht werde ich den Apfel meiden, Schlangen beschwören und Ausschau nach EGAL wem halten.
Das "Lost Paradise" sieht auch heute aus, wie so ein "Lost Paradise" eben aussieht. Es hatte von jeher den Wiedererkennungswert eines Déjà vus. Ich bestelle einen Wodka-Martini und schnippe mit den Fingern das Schirmchen weg. Schon ist es nach 22 Uhr. Ich lächele nicht, meine Haare sind verwildert, meine Augen sehen aus, als wüssten sie nicht, welche Farbe sie haben, mein Blick streift unauffällig suchend durch den Raum, meine Finger schreiben Zeichen in die Luft. Notenschlüssel, ich erfinde neuartige Formen für Notenschlüssel. Wenn du aus deiner Pause zu mir zurückkehrst, werde ich dich mit diesen Zeichen verwirren, betören, in Ketten legen und für immer davon überzeugen können, dass nur ich es schaffen kann, die Eine zu sein, die dir neue Formen für Notenschlüssel schenkt. Die Blicke

diverser Er´s treffen mich, ich bin umringt, stelle ich fest. So will es das Gesetz. Die Frau, die kein Interesse zeigt, die wollen sie, die Kater, mit ihren Haifisch-Zähnen. Ich bestelle noch einen Wodka-Martini, acht davon stehen bereits vor mir, alle ohne Fähnchen, sechzehn dazu gehörige Augenpaare lauern mir auf, dem Weib, dem einsamen, dem emanzipierten, dem vollständig andersartigen. Ich fühle einen schneidenden Luft-Zug, die Tür des "Lost Paradise" wird von knöchernen Händen eines Geistes geöffnet, du schwebst an meine Seite, scheinbar, ohne mit den Füßen den Boden zu berühren. Du schlägst vor Zeugen zwei spitze Eck-Zähne in meinen Hals und trinkst mein Blut, mein Blut, mein Blut.

"Zahlen bitte", sagst du zu einem verdutzten Kellner. Deine Stimme klingt rau und heiser. Keine Spur mehr von Tenor.

"Blut von meinem Blut", lalle ich verzückt, lasse mich gewollt willenlos erneut von dir entführen. Ein Taxi ist unsere goldene Kutsche, die Rosse fliegen schnaubend über Stock und über Stein, sie bringen das Brautpaar nach Hause, nach Hause zu uns. Schrecklich ist sie gewesen, diese Pause, schrecklich ein Sein OHNE DICH. Schlager sind gar nicht kitschig, Schlager trällern nur die Wahrheit über uns Zwei. In dieser Nacht verschlingen wir uns beide abwechselnd und doch gleichzeitig. Wir verschlingen uns, wie halb Verhungerte eben zu schlingen pflegen und schlingen unsere Leiber umeinander, damit sie die Schlinge werden, aus der kein Entkommen mehr möglich ist. Schlinge zu Schlinge, oder so ähnlich! Dann Ruhe und Stille in der Nacht, irgendwann.

Doch keine Ruhe in meinem Busen und keine Ruhe hinter deiner Stirn. Ich möchte dir den plumpen Satz nicht zumuten, der in solchen Momenten von der Unmöglichkeit eines Weitermachens spricht. Ich will dich nicht verstören. In einem betont nebensächlichen Tonfall beginne ich daher, über meine neuen Erkenntnisse zu plaudern. Jene Erkenntnisse, die ich nicht nur, aber auch, zum Beispiel über meine Augenfarbe gewonnen habe. Ich spreche dir davon, wie relativ mir alles erscheint, dass man meine Augen mit Fug und Recht als grün, als grau oder auch als braun bezeichnen könne. "Aha!" Ein Lauern hat sich an mich heran-geschlichen. Mit diesem Lauern stellst du mir die Frage aller Fragen. Du fragst mich tatsächlich nach meinem Namen. "Relativitätstheorie", erwidere ich lässig und nun habe ich dich von mir überzeugt, denke ich, doch das stimmt ganz so nicht, denn dein Erblassen ist unübersehbar, ganz bleich schaust du in meine Augen, die sich ihrerseits jeder Festlegung mit Wimpernschlag und Zwinkern zu entziehen suchen. "Lass uns zusammenziehen", stöhnst du nun auf. Eisige Winde ziehen durch unsere Zimmer. Ich fühle mich unschuldig und frage nach deiner eigenen Wohnung. Warum getraue ich mich auf einmal, dir solche Fragen zu stellen, sie machen dich doch so müde, verhindern deine Lebendigkeit. "Meine Wohnung habe ich gekündigt", sprichst du matt in Richtung Zimmerdecke. "Dafür die Pause!" Ein Gewicht stürzt auf unser nun eheliches Bett, ein Gewicht, wie aus tonnenschwerem Blei gemacht. Ich denke ans Glück und ans Jenseits, ans Hier und ans Jetzt und rote Pferde fallen mir ein, auf denen wir ins zischende Türkis einer staubenden Savanne reiten könnten. Wir beide auf diesen fliegenden Pferden, die zu Seepferdchen werden, wenn wir das wollen und die uns durch die Tiefen des Ozeans tragen. Wir haben Kiemen, wir atmen farbige Blasen aus, wir können uns Küssen und ein Pferdchen in den Stall zurückschicken und zusammen auf einem einzigen weiter jagen, weiter und weiter und immer weiter. "Ja", sagst du und schaust nun mit glasigen Augen in eine verdunkelte Ecke des Raums. Und ich erzähle und träume. Erzähle von Himmeln, Wassern und Farben. "Was machen wir mit der Erde?", fragst du in meine Träume hinein. "Wir warten, bis wir sie fühlen können", murmele ich und fühle mich elend und verlogen und spüre, wie meine Haut sich von mir ablöst, wie die Haut eines Reptils, das sich schält. "Was sollen wir da?", fragst du erneut und ich sage zu dir "egal", und du fragst mich noch einmal, wie ich heiße, doch ich habe längst keinen Namen mehr für mich. Ich will ihn im Moment einfach nicht haben, diesen einen Namen. Es ist gut, so namenlos zu sein. Da zeigt sich auf einmal ein Sand unter unseren Füßen. Treibsand vom Feinsten. Sand in einer tristen, überwunden geglaubten Landschaft. Einer Landschaft ohne Bäume, aber mit riesigen Schornsteinen. Schornsteine, die seltsame Gifte in den Äther qualmen. Ansonsten, um uns herum, das unendliche Nichts. Die Leere, die keine Stille kennt. Die ist nun zwischen uns. Und du sagst zu mir, als du Dich auf einmal im Wind wiegst wie ein dürrer Baum, dass du nun losmüsstest, fliegen, irgendwohin, wo du neu sein könntest. Und ich rufe, „du kannst ein Windrad werden, das steht fest, das kann bleiben und bewegt sich doch im Himmelsblau, ganz so, als habe es Flügel". Du beginnst mit weit ausholenden Bewegungen deiner Arme zu kreisen, wie ein Fuchteln sieht das aus, kreisförmig angedacht, doch nicht konzentriert umgesetzt, du hebst dazu ein Bein, winkelst es an, der Fuß des Linken am Schienbein des Rechten und wackelst, wackelst, wackelst bis du fast stürzt und die Figur auflöst, um nicht zu fallen. Nur noch hängende Arme an hängenden Schultern, herab hängend an der traurigen Gestalt, die kein Ritter mehr sein möchte. Hängend deine Mundwinkel, hängend deine

Augenlider, hängend dein Kopf, hängend und müde mein Liebster, mein Gefährte einer kurzen, flattrigen Zeit und ich fächele dir Wind zu, blase meine Backen auf und puste, was das Zeug hält, sehe zu, wie dir ein Flügel wächst und dann noch einer, der zweite nämlich und winke, winke, winke zum kleiner werdenden Punkt am Horizont.

Ich sitze im "Lost Paradise". Ich sitze fest. Es ist 22 Uhr.

Ein schöner Mund

„Und wie geht es Ihnen heute?"
Das fragt mich ein schöner Mund. Ein schöner
Mund, den ich im Moment nicht sehen kann.
Aber da ich den Mund kenne, weiß ich um seine
Schönheit. Ich habe den Mund bereits sehen dürfen.
Den Mund und sein Lächeln. Und die großen, leicht
auseinander stehenden Zähne in diesem Mund.
Zähne, die wunderbar weiß glitzern, wenn das
Lächeln zum Lachen wird. Dieses Lachen nenne ich
in Gedanken „mein Fest".

„Für Sie gibt es hier nur wenig zu lachen, nicht
wahr?"

Hat mir dieser Mund einmal zugeflüstert, als er sich,
wie im Moment, verhüllt hatte. Ich wusste nicht,
was ich darauf antworten sollte. Ich wollte mich
nicht verraten. Aber ich wollte diese Worte, die aus
einer weichen Kehle in einen schönen Mund
hineinflossen, vermutlich um mir etwas Gutes zu
tun, so auch nicht in diesem gläsernen Raum, der
meine Zuflucht ist, hängen lassen.
Solche Worte hängen dann sozusagen ungewollt
über meinem Kopf in der Luft. Das stört mich. Worte
sind geheime Zeichen. Sie stören nicht immer. Sie
stören nur manchmal sehr, so sehr, will ich meinen,
wenn sie alles mit einem vollständig falschen Duft
durchdringen. Wenn die Luft über meinem Kopf

nicht mehr aseptisch, sauber und gereinigt ihre Neutralität wie Seifenlauge, die über weiße Fliesen fließt, ausbreiten kann, wortlos und rein. Wenn die Luft ihren Odem, diesen Odem zur Bekämpfung störender Eindringlinge, nicht ohne Worte, die die Wahrheit verfälschen, weitertragen darf.

Dann beginnt für mich ein Leiden. Ein Leiden, das wenig Anlass zum Lachen gibt. Also habe ich es nicht ganz so weit kommen lassen und die Worte Lügen gestraft. Ich habe nämlich in den schönen Mund, den ich nicht sehen konnte, in diesem Augenblick, hineingelacht.

„Haha!"

Und dann haben ihre Augen, ihre sehr schönen Augen, kurz einen noch schöneren und wärmeren Blick erhalten. Diese Augen sind mein Tor zur Wahrheit geworden. Dieser sehr schönen und warmen Wahrheit, die nicht wie ein trockenes Faktum, ohne lebendiges Eigenleben, vor sich hinvegetiert. Lügt denn, so frage ich mich hier in meinem weißen Gewand und in meinem weißen Bett liegend, beispielsweise eine Raupe, wenn sie sich einen Schmetterling nennt? Oder lügt der Schmetterling, wenn er sich in seiner Puppe für eine schlafende Raupe hält und davon träumt, sich durch Blätter hindurch ins Licht zu knabbern? Was bitte ist denn die oberflächliche Wahrheit wert, wenn sie nicht die tiefsten Schichten weiterer, innerer Wahrheiten schauen darf. Ihre Augen jedenfalls lügen nicht, denn ihre Augen sind immer ganz nah bei dem, was sie sehen. Ihre Augen sind Spiegel, in denen sich ihre Seele mit der Seele des Gesehenen vereint. Ich fühle mich vollkommen von ihr gesehen, wenn sie ihr Gesicht über mir schweben lässt, wenn sie ihre kleine, runde, weich gepolsterte Hand an meine Stirn hält, um zu schauen, welche Temperatur mein Körper wohl hat. Ich fühle mich dann in meiner gesamten Wahrheit erkannt und von der ihrigen durchpulst. Aber das Fieber, das sie tagtäglich in mir vermutet, hat sich noch nicht gezeigt, obwohl sich viele, kleine Schweißtropfen sichtbar auf meinem Körper ausruhen wollen. Doch sie erzählen eine Geschichte, die von Anstrengung handelt und nicht von fiebriger Glut.

„Fever, Fever"

trällert mein Mund ironisch vor sich hin, dazu schließe ich leicht meine Augen und ihre Finger berühren meine Lider, als wolle sie einem Toten den Blick wegnehmen, den indiskreten.

„Nein, nein" sage ich in ihr Tun hinein, „ich bin noch nicht ganz tot."

Ihre Entrüstung ist daraufhin stets gespielt, wir spielen unser Spiel seit vielen Tagen, fast seit dem ersten Tag, an dem ich hierhergekommen bin, auf diese Quarantäne-Station eines städtischen Klinikums. Allerdings trug sie damals noch ihre aseptischen Handschuhe und ich war mir noch nicht im Klaren darüber, wo ich wirklich gelandet bin. „Städtisches Klinikum", das klingt sehr stark nach einer faustdicken Lüge. Ein Klinikum – und erst recht ein städtisches – passt nur sehr ungefähr als „Unterschlupf", das es in meinem Falle, meinem „sehr besonderen Fall" (wie der Oberarzt es bei der anstehenden Visite den umstehenden ÄrztInnen und AssistenzärztInnen zuraunte) nun einmal ist, obwohl das niemand zu wissen scheint. Also nenne ich den gläsernen Kasten, in dem ich hier gehegt, gepflegt und beobachtet werde, meine „Puppen-Station". Ein Verpuppter, also ich und das, was von meinem Körper übrig ist, dürfen hier in Ruhe warten, bis sie ausgepuppt haben und die Werdung vollendet ist. Ich danke Gott, ich danke ihm auf Knien, auch wenn ich das nur in Gedanken tun kann, weil ich UNBEDINGT in meinem aseptisch weißen Bett liegen bleiben soll. Oh, welche Wohltat!

„Warten Sie hier alle auf mein Sterben?",

habe ich sie vor einigen Tagen in solch einem Augenblick gefragt, an dem ihre Finger das Schließen meiner Lider mit den Fingerkuppen begleitet hatte, und sie hat ihren grauen, reinen, aufrichtigen Blick fest in meine nun aufgerissenen, verwaschen blaugrau daher schauenden Augen versenkt und gesagt:

„Nein, auch wenn manches dafür spricht, dass Sie hier sterben werden, so sieht es doch insgesamt betrachtet, nicht danach aus."

Und kaum ausgesprochen, lachte sie ein tiefes, lautes, kurzes und sehr raues Lachen in sich hinein und ihre Augen blickten anschließend geschäftig auf all das, was sie im Weiteren zu tun pflegt. Also auf den Kissenbezug, den sie nimmt, um ihn gegen einen durchnässten Stoff auszutauschen, oder auf die Schnabeltasse, die nun leer gewesen ist und die sie mit hinaus (hinaus?) nehmen musste. Am Ende ihrer Pflichten ruhten ihre Augen noch einmal auf mir, dem sie noch ein paar Haare aus der Stirn strich ehe sie ging, ehe sie entschwebte und mich mir selbst überließ.

„Haben Sie schon einmal Schwierigkeiten bekommen, weil Sie nicht der Lüge mächtig sind?",

habe ich noch in ihren Rücken gerufen. Und sie hat diesmal nicht gelacht, sondern erstaunt zu mir nach hinten gesehen und gefunden, dass ich nun schlafen müsse.
„Schlafen Sie, Ihre Hirngespinste bringen Sie sonst noch um", hat sie ein zweites Mal nachdrücklich laut

in Richtung ihres, einem Teewagen ähnlichen,
vierrädrigen Gestells gesprochen und doch eindeutig
mich gemeint.

„Ja, meine Hirngespinste kommen den Staat und die
Stadt teuer zu stehen",
habe ich begütigend gemurmelt und sie hat
„Machen Sie sich bitte darum keine Sorgen",
geflüstert und ist verstört (verstört?) durch die
Schiebe-Tür aus Nichts (Glas) verschwunden,
dorthin, wo ich nicht sein kann.

Jetzt nicht und DANACH vermutlich auch nicht.
Mein PLAN sieht anders aus in meinem Traum.
Dieser Traum ist ein Wahr-Traum!
Da ich nicht in der Lage bin zu lügen, wenn ich wach
bin, kann ich mich auch in meinen Träumen nicht an
bunten Gespinsten, die wie Seifenblasen sind,
vergnügen. In meinen Träumen sehe ich Wahrheit.
Dass das so ist, wusste ich wiederum in den ersten
Tagen meines hiesigen Aufenthalts nicht. Ich
träumte und träume tagtäglich denselben Traum, es
ist der einzige Traum, den ich zur Verfügung habe
und ich bin nur hier, in dieser Quarantäne-Station, in
meinem Unterschlupf und meiner Zuflucht, weil der
Traum noch nicht zu Ende geträumt werden
konnte. Eine Zuflucht übrigens, die immer mehr an
meine Bedürfnisse angepasst wurde und die
strengen Gesetze, die normalerweise in solch einer

Quarantäne-Station gelten, bereits seit einiger Zeit unterläuft. Sie wissen nicht, wo solch ein außerordentlich exotischer „Fall", der ich nun einmal für das Klinik-Personal bin, besser untergebracht werden könnte. Niemand scheint mittlerweile noch daran zu glauben, dass eine Ansteckungs-Gefahr von mir ausgehen könnte. Und doch liegt meine Existenz, mitsamt ihrer Symptome, für den Arzt und seine MitstreiterInnen weitgehend in tiefes Dunkel gehüllt.

„Ich darf noch nicht los!",

sagte ich vor einigen Tagen zu diesem Oberarzt, als er mich fragte, ob ich denn wisse, weshalb ich hier sei. Hier, in dem städtischen Klinikum. Mein Mund gab also diesen Satz als Antwort, doch ich hatte selbst keine noch so geringste Ahnung, was damit gemeint oder benannt sein könnte.

Später erst ist er mir wieder eingefallen, zugefallen sozusagen, der Traum, den ich Nacht für Nacht in diesem kranken Haus, in dem ich mich versteckt halten muss, zu träumen pflege.

In diesem Traum flattert ein Schmetterling, ein sehr exotisch aussehender Verwandter des allbekannten Pfauenauges, zunächst gegen all das, wogegen Schmetterlinge in geschlossenen Räumen so anzuflattern pflegen, taumelnd und unbeholfen. Er fliegt in die Richtung einer Lampe mit Lampenschirm und seine Flügel bekommen dadurch kleine, gezackte Ränder und dann fliegt er gegen ein geschlossenes Fenster und der feine Staub seiner Flügel bleibt am feuchten Glas kleben und er fliegt, dünnflügelig inzwischen, weiter und stößt sich die ausgefahrenen Fühler an einer weiß getünchten Zimmerdecke. Doch an dieser Stelle sage ich im Traum zu ihm (oder im Grunde genommen doch zu mir selbst), dass er ein Dummkopf sei, da er sich für einen Geflügelten halte, obwohl er doch ein Raupentier sei und sofort atmet er dankbar auf und kriecht sogleich über einen Teppich, der scheinbar gesaugt werden soll, doch die Raupe, deren Körper der Schmetterling nun angenommen hat, schlüpft unter den Teppich und als der Staubsauger in meinem Traum verstummt ist, da tastet sie sich aus ihrem Dunkel hervor und will an einer dunkelbraunen Schrankwand empor kriechen, einer enorm hässlichen braunen Schrankwand, doch schon hören wir - die Raupe und ich - das hysterische Schlagen von Flügeln, ganz in ihrer Nähe, gelbe Flügel eines Kanarienvogels nähern sich, der sich offensichtlich nicht mit seinen Flügeln auskennt, der aber eine Raupe schmecken möchte und dann, immer im letzten, dem allerletzten Moment, gelangt ein gläserner, hauchdünner Faden zu der Raupe und zieht sie zu sich hinauf in Richtung Zimmerdecke, nicht mittig, sondern zu einer

Zimmerdecken-Ecke und die Raupe wird so weiß wie die Wand, reglos, taub und tot steckt sie in einer Hülle und wartet. An dieser Stelle des Traums bin ich jedes Mal sehr erleichtert und kann erwachen.

„Dies Wesen kann noch nicht los!" Das ist die Botschaft. „Es muss noch warten".

Und an allen Tagen hier warte ich mit ihm. Und im Traum darf ich sein Wachstum verfolgen. Das Einzige, was mir am Tag Sorgen bereitet, ist nicht das, was irgendwann aus dieser Puppe schlüpfen könnte, nein, Sorgen bereitet mir ausschließlich dieser schreckliche Raum, in dem das neue Wesen sich sofort wieder eingeschlossen fühlen könnte. Doch mir bleibt im Grunde nichts weiter, als dieser Traum und so will ich nicht aufhören, dieser geträumten Sache mit allnächtlichem Vertrauen zu begegnen und meine Sinne, meine davon ganz trunken gemachten Sinne, am Tag mit ihrem schönen Mund und ihren wahrhaftig blickenden Augen zu erfüllen. Mit ihren Augen und ihrem Mund getränkt, kann sich vielleicht im Traum ein Fenster öffnen oder eine Tür, die in seligere Gefilde führen, als ich scheinbar bis dato gewohnt gewesen bin.

"Fülle Du mich mit meiner Liebe zu Dir und Deiner Liebe zu mir ...", bete ich manchmal, natürlich ohne gefaltete Hände und ohne meine Lippen zu bewegen. Dann wird mir warm ums Herz und die Schweißtropfen auf meiner Stirn bilden ein dünnes Rinnsal, das sich als Träne den Weg über mein Gesicht bahnt und stets in meinem weißen Kragen endet. Selbstredend ist das kein wirklicher Kragen, sondern eher eine Manschette, also insgesamt ein körperbedeckender, riesiger, weißer Latz, den ich hier in meiner gläsernen Puppen-Station tragen muss. Der Stoff dieser Quarantäne-Uniform liegt leicht und sauber auf meiner Haut und gibt ihr eine angenehme Kühle hinzu.

Meine Haut ist ein Problem. Sowohl der Oberarzt als auch das Gesamt seiner weiß gekleideten Gefolgschaft, bemühen sich mit all ihren Kräften, ihrem Wissen und ihren Mitteln um die Lösung dieses Problems. Bisher allerdings ist ein schlagender Erfolg, ein klinischer Durchbruch, nicht wirklich erfolgt.

Meine Haut hängt weiter in weißen, dünnen Fetzen an mir herab, ein weiteres Pergament aus weißlicher Haut hält dennoch tapfer meine Glieder bedeckt, so dass ich zwar die optische Schälung zur Kenntnis nehme, aber deswegen keinerlei Schmerzen verspüre. Vorrangig wegen dieser eigenwilligen Häutungen wurde ich auf der Quarantäne-Station aufgenommen, "sicher ist sicher", hat man mir und sich gegenseitig zugeraunt. Manche Stellen meiner Arme, Beine und meines Rumpfs hat man auch mit weißen Baumwoll-Binden umwickelt, mein Gesicht und der Kopf sind ebenso betroffen, eine Art breites Stirnband windet sich um meinen Haaransatz. So also hat man mich vor einigen Tagen - oder sind das nicht mittlerweile bereits mehrere Wochen - auf einer Straße der hiesigen Stadt aufgegriffen, mit einem gestreiften Schlafanzug bekleidet, darunter mein hagerer Körper, der selbst in Streifen lag (hihi), mit schulterlangen, hellblonden, extrem feinen Haaren ohne erkennbaren Schnitt und eigenartig groben Bart-Stoppeln (grau oder weiß) im Gesicht. Mein Anblick deutete sowohl Verwirrung als auch Verwahrlosung an und wohlmeinende Menschen riefen irgendwann die Polizei. Ein Polizei-Trupp, dem man keine Adresse angeben kann oder besser noch, dem man keinen gültigen Personal-Ausweis entgegenstreckt, hat indes keine andere Wahl, als diese Person "unbekannter Herkunft" in Gewahrsam zu nehmen. Noch im Polizei-Wagen bin ich wohl ohnmächtig geworden und als ich erwachte, sah ich beim ersten Aufschlagen meiner Augen in ihren weichen, mitfühlenden Blick hinein.

"Alles ist gut",

sagte ihr schöner Mund, den ich zu diesem Zeitpunkt noch nicht gesehen hatte, versteckt hinter der sauberen, blütenweißen Maske und ich glaubte diese Worte sofort. Meine Augen strahlten ihr, so intensiv wie möglich, ein JA entgegen und sie leuchtete, gerührt nun, zurück.

Der Bund war damit geschlossen!
Unauflösbar bis auf Weiteres. Ich bin nicht naiv genug, um an eine gemeinsame Zukunft von mir und ihr zu glauben. Allein dieser Mangel an schlichtem Hoffen auf eine unrealistische Wunscherfüllung zeigt mir, dass ich bereits eine irgendwie gelebte Vergangenheit haben muss. Doch welcher Art meine Vergangenheit auch immer gewesen ist, für eine Instanz in mir scheint sie nicht wesentlich genug zu sein, um mich daran erinnern zu wollen. Ich habe also eine vollständige Amnesie, meine erste Erinnerung beginnt mit ihrem Blick und ihren Worten "Alles ist gut!" Mehr brauche ich nicht zu erinnern, das ist mein Schatz, meine ganze, täglich älter werdende Vergangenheit, die sich ausschließlich in diesem gläsernen, weißen Käfig gebildet hat. Hier darf sich in Ruhe meine Haut schälen, hier bin ich beschützt. Und sie ist der Engel, der mich von diesem Punkt aus vorbereitet, auf das noch Ungewisse, dieses was-weiß-ich-wohin. Der Tag wird kommen. Dieser neue Tag wird dann kommen, wenn ich einen Ausweg erträumt habe. Erst dann, nur dann, aber immerhin: dann.
Außer meinem bereits geschilderten ersten

Augenblick in ihren Blick hinein, gab es noch diese zweite, meine Erinnerung mit lichten Funken erhellende, Erfahrung, die mit dem Anblick ihres enthüllten Mundes einherging. Es ist genau 10 Tage her, hier weiß ich dies genau, dass sie vor ihrer Glastür stand, vor diesem materialisierten Nichts und auf einmal nicht nur ihre Augen ganz fest auf meinen, sich leicht erhebenden, Kopf richtete, sondern ganz langsam, sehr bestimmt und vermutlich geplant und nicht spontan aus der Situation geboren, mit beiden, hinter ihrem Zopf verschwindenden Händen das Band löste, das dieses verhüllende Stückchen Stoff vor ihren Mund gepresst hielt. Und dann sah ich zunächst ihre prachtvollen, roten, üppigen Lippen, die sich nun freudestrahlend zu einer leisen und dann lauter werdenden Fröhlichkeit ausbreiteten und schließlich ihre strahlend weißen, leicht auseinander stehenden Zähne funkeln ließen. Alles an ihr ist ein Strahlen gewesen, in jenem Moment und so lernte ich ihren schönen Mund kennen, mitsamt dem dazu gehörigen Lachen, das ich fortan „mein Fest" nennen darf.

„Für Sie gibt es heute erstaunliche Neuigkeiten", hat mir dieser Mund vor einigen Minuten zugeflüstert. Ich wusste es, ich wusste, dass sich in Kürze etwas bewegen würde, in meiner Geschichte und mit mir, denn in meinem Traum ist fast alles ganz genau so gewesen, wie es bisher Nacht für Nacht immer wiederkehrend geschehen ist, doch am Ende des Traums, gab es einen winzig kleinen, dennoch sehr nachdrücklichen Hinweis auf eine neue Entwicklung. Die Puppe, in ihrem Weiß kaum sichtbar versteckt in dem Zimmerdeckenwinkel des mir verhassten Raums, hatte kurz einen Schatten gezeigt. Wie durch eine japanische Trennwand aus dünnem Papier hindurch, konnte ich eine zappelnde Bewegung erkennen, eine schattenhafte Kontur und mir war mit dem Erwachen sofort klar, dass sich nun etwas bewegen wird, in meinem noch ziellosen Sein auf dieser Quarantäne-Station, die meine Zuflucht ist.

„Sie vertragen kein Licht, überhaupt keine Helligkeit", hat sie mir in meinen fragenden Blick hinein gesagt. Eine ihrer warmen, weichen, runden Hände ruhte dabei schmetterlingsleicht auf einer meiner bleichen, knöchernen Handrücken, dessen Haut in Fetzen lag. Der „Herr Doktor" würde mir das noch wissenschaftlich erklären wollen, aber sie dürfe mich bereits jetzt darauf vorbereiten, dass man mit der Erkundung der Ursache meines Haut-Leidens vermutlich um einen gewaltigen Schritt weiter sei.

Während ihre dunkle Stimme meine Ohren jubilieren ließ, übertönte ein noch gewaltigeres Glücksgefühl in meiner Brust, in der ein Herz einen

Purzelbaum aus Übermut zu schlagen schien, die Wohltat, ihren Worten lauschen zu können. Ich bebte am ganzen Körper, sorgenvoll beugte sie sich über mich, schaute prüfend in mein Gesicht, schien sich über die, sich darin spiegelnde, Freude sehr zu wundern und zog die Bettdecke straff bis zu meinem Hals. Dann spielten ihre Finger an einem grauen Plastikschalter herum, der an einem Kabel um mein eisernes Bettgestell hing und dimmte das Licht, so dass meine gläserne Behausung nun in einem sehr behaglichen Dämmerlicht liegt.

„Dämmer ist ein Gefährte der Stille", seufzte ich wohlig auf, meine Augen entspannten sich, mein Körper entspannte sich und meine Seele entspannte sich. Alles an mir entspannte sich und ich wusste, dass es für mich kein größeres Geschenk geben könnte, als die Tatsache, nie mehr gezwungen zu sein, eine gewöhnliche Tag-Existenz führen zu müssen. Der Raum meines Traums erstarb mit dieser Botschaft, das zarte Gewebe, des nur ganz leicht, von innen heraus, illuminierten Puppen-Gehäuses, dehnte sich zu ungeheuren Ausmaßen und wurde in meiner Fantasie zum behaglichen Domizil meines Schmetterling-Geschöpfs, das sich fortan nicht mehr in einem Viereck aus sinnloser Funktionalität flatternd die Flügel stutzen lassen musste. „Eine allgemeine Licht-Allergie, eine Licht-Empfindlichkeit von außerordentlichem Ausmaß,

eine hochgradig ausgebildete Hyper-Sensibilität",
bestätigte der Oberarzt etwas später die Diagnose
und sein Gefolge verstummte mit der Nennung
meiner ungewöhnlichen Erkrankung, deren Auslöser
sehr wohl psychosomatischen Ursprungs sein könne.
„Oh", sagte ich pflichtschuldig, doch der irritierte
Blick der umstehenden, sich aus diversen
Hierarchien zusammensetzenden ÄrztInnen wies
mich darauf hin, dass auch diese den gelöst zu
nennenden Ausdruck in meinem Gesicht irgendwie
unpassend, ja, nahezu verdächtig, empfanden.
„Nun, wir werden unser Bestes für Sie tun, verzagen
Sie nicht", nuschelte der Oberarzt in Richtung seiner
Füße, auf die er nun schaute und trat den Rückweg,
hinaus aus meinem gläsernen, funzlig beleuchteten
Kokon, an. Eilig trippelten seine Gefolgsleute mit
leutseligem Getuschel hinter ihm her. Die Schiebetür
wurde sachte zugezogen, Ruhe um mich her, Ruhe
und Frieden. Doch etwas Beunruhigendes hallte der
Visite nach. Es umklammerte mein Innenleben wie
ein Schraubstock und ich wusste, dass das Wort
„Provisorium" erschütternd in dem weißen Kissen,
in das ich mein Gesicht drückte, hängen geblieben
war. Meine soeben erst gefundene Sicherheit
konnte diesem Wort nicht standhalten. Dieses Wort
ließ mich nicht leiden, wie es unaufrichtige
Bekundungen und falsche Tonarten gesprochener
Silben zu tun pflegen, nein, das Wort „Provisorium"

atmete Wahrheit und schien mir gerade deshalb von
unerträglicher Grausamkeit zu sein.

„Wir melden Sie zunächst einmal provisorisch über
die Grundsicherung bei einer gesetzlichen
Krankenkasse an und wenn unser Aufruf Erfolg hat,
oder wenn Ihre Erinnerung zurückkommen sollte,
dann wissen wir mehr."

Das hatte vor einiger Zeit die Sozialarbeiterin der
Klinik zu mir gesagt, sehr darauf bedacht, dass ich
zwar die Umständlichkeit des ganzen Unterfangens
glasklar erkennen könne, gleichzeitig aber auch auf
beruhigende Weise ihren ganz besonderen Einsatz
für eine „Person unbekannter Herkunft"
nachzuempfinden verstand. Soweit leuchteten mir
ihre Ausführungen ein und ich ging völlig „d'accord"
damit.

Das Wort „Provisorium", das heute gesprochen
worden war, hatte sich allerdings auf meinen
Aufenthalt in diesem Glaskasten bezogen:
„Wenn sie mir meine Puppen-Station nehmen, dann
bin ich nackt, erledigt und ohne SIE!"

Mein neues Sein brach mit diesem Gedanken in sich
zusammen, meine geträumte Chance erschien nun
in Wirklichkeit eine Farce zu sein. Schluchzend
schlug ich meine Hände über meine Augen, die
zerborstene Nase fing zu bluten an, in meiner Not
drückte ich den roten SOS-Knopf, der neben
meinem Kopf baumelte. Nie waren ihre Augen

schöner als in diesem Augenblick, in dem sie durch die sich eilig öffnende Schiebetür zu mir ans Bett stürmte, mir die Hände aus dem Gesicht zog, mich mit dem feinen Grau ihrer Iris durchbohrte und den nervlichen Zustand, in dem ich mich befand, sofort erkannte. Sie drückte ein Tuch gegen die Blutung, setzte sich auf den Rand meines Bettes, ließ es geschehen, dass ich mein Gesicht in ihrem Schoß vergrub und streichelte beruhigend über mein Haar. „Nein, nein", hörte ich sie sagen, zitternd und dennoch überzeugend, mit einer Stimme, die nun aus ihrem Bauch geboren zu sein schien.

„Ich bin bei Ihnen, wenn Sie umziehen. Ich bin für Sie abgestellt worden. Wir bereiten schon ihr Zimmer mit Jalousien vor, eine Etage tiefer, in der Psychosomatik".

Und während sie mich hin und her wiegt wie ein Kind, komme ich zurück in ein Leben, zurück an das Licht, das für mich die Dunkelheit sein wird, die schöne, schwarze, samtige Nacht. Ich werde in diesen, längst menschenleer gewordenen, nächtlichen Krankenhaus-Anlagen stehen und ich werde eine Zigarette rauchen. Ganz dicht neben mir, sehe ich ihre Silhouette. Ihre Augen werden in neuen Farben leuchten, wenn ich ihr mit einem kleinen Sturm-Feuerzeug vor dem schönen Mund herumfuchtele, damit auch sie kleine, hellgraue Kringel zum Himmel schicken kann. Doch zuvor höre

ich sie noch sagen: „Alles ist gut!".
Und ich sage: „Ja!"

Sonne über Social Media

"Wir atmen alle dieselbe Sonne".
Das sagt ein Jemand oder eine Jemandin auf meiner
Social Media Plattform.
"Cis, she, her" oder "Cis, he, his", keine Ahnung, ob
oder ob nicht.
Das interessiert mich auch gar nicht, soviel
Persönliches geben diese Menschen, diese humans,
hier auf der Social Media Plattform von sich preis,
das ist schon manches mal eine reine Zumutung,
soviel weiß ich doch hier in Berlin nicht einmal über
meine Nachbarin, der ich immerhin fast täglich ein
"Hallo" entgegen schmettere und das von Jener, in
Unkenntlichkeit hinein vernuschelt, mit einem
"Hal-O" leise, fast flüsternd und immer sehr
bedenklich klingend, so als sei es gefährlich, einen
gehörten Laut von sich zu geben, erwidert wird.
"Hal-O".
Nun denn, sei es wie es sei, ich laut, sie leise, aber
never ever haben wir uns jemals, bei all dieser
nachbarschaftlichen Herzlichkeit, geherzt oder als
"Cis" zu erkennen gegeben.
Wozu auch, führt doch zu nichts als Scherereien.
Und nun auch noch das: „Wir atmen" also „alle
dieselbe Sonne".
Welche Sonne, möchte ich fast dru-kommentierend
anfragen, die Sonne von vor 2 Wochen, fast 40°Grad
hot und so verschlingend, dass von atmen keine

Rede mehr sein konnte, oder die von heute, die nicht vorhandene Sonne also, da vom Grau des Vorherbst-Himmels über Berlin vollständig einverleibt.

Nun ja, ist sicher lieb gemeint, völkerverbindend, so als Menschenversteher*in geschrieben, mit aller Sorgfalt, als handle es sich um den Schönschrift-Eintrag in ein Poesie-Album. Apropos Poesie-Albums-Eintrag, von solchen gutwillig mutwilligen Kalendersprüchen ist die Social Media Plattform eigentlich immer proppenvoll, das wimmelt dort davon und ich wedele auf meinem Account Jeden/Jede, egal ob "Cis" or not, vehement aus der Bubble. Klein aber fein. Sehr klein mit Oho.

So lässt es sich hier einigermaßen über Wasser halten, auch wenn wir alle die gleiche Plattform-Sonne atmen. Wozu überhaupt noch einen Fuß vor die Tür setzen, wenn nicht unbedingt notwendig. Bilder, Bilder, Bilder, da sehe ich den ganzen Tag das, was mir kein Urlaub auf den Bahamas besser auf die Netzhaut brennen könnte.

Puh. Soeben habe ich meinen Guten-Morgen-Post abgesetzt. So ein "Guten Morgen", mit ein wenig Würze im Café Olé. Meine Kaffeetasse musste ich zuvor polieren, da sah man eine Schliere auf dem Schwarz des Porzellans, dann noch rasch die Crema darauf schäumen, einen alten Keks leger, seitlich und doch keck, auf der Untertasse platzieren und noch fix ein wärmender Filter aufs Foto, hach, ja, da bin ich nun stolz, das ist mir heute doch stimmungsvoll gelungen.

"Habt einen feinen Tag", fiel mir dann noch das Zitat eines Dichters ein, dessen Name mir flugs entfallen war, so dass ich diesen klugen, raffinierten Satz mir selbst in die Schuhe schieben musste und ab, mit einem klitzekleinen Zwinker-Smiley, in die wilde IT-Welt da draußen.
„Like, like, like", ich komme seit nun 20 Minuten nicht mehr hinterher, all die liebevollen Drukos zu beantworten.
"Danke", in allerlei Varianten, das ist gar nicht so einfach, das muss sich ja schließlich individuell anfühlen, da muss man sich doch ein wenig Zeit plus einer Prise Herz nehmen. Gott sei Dank gibt es noch diese Plattform-Funktion mit einer formidablen Auswahl an Emojis, das empfinde ich doch eine ganz große Hilfsfunktion für diesen Job.
Die IT-ler haben ihr Handwerk eben doch von der Pike auf gelernt, das merk ich an allen Ecken und Enden. Die wissen schon, was sie tun.
Und nun, Schreck lass nach, nicht das auch noch, die Tante mit dem Sonnen-Post folgt mir scheinbar seit fünf Minuten und ich habe das bis dato ignoriert.
Ja, ich war einfach zu sehr mit meinen Kommen-taren der Kommentare beschäftigt, doch eben, in einer kleinen Druko-Kommentar-Pause, sehe ich

doch ihr Mini-Profil-Foto in der Mitteilungs-Leiste, da muss ich nun reagieren, die hat doch mehr als 1000 Followers, die ist doch Mega gegen mich kleines Plattform-Tierchen, so, nun folge ich ihr also auch und like noch hurtig ihren Post, „Wir atmen" doch wirklich „ALLE dieselbe Sonne", sie hat ja doch recht damit.

„Hallo Weltmenschin", schreibe ich der "Weltmenschin".

Und dazu: "Guter Spruch".

Jetzt sind alle zufrieden, so könnte es den ganzen Tag weiter gehen, obwohl irgendwo da draußen die echte Sonne strahlt, die läuft mir nicht davon. Smiley!

Der Schrei

Ich bin nicht gewillt zu lügen, wenn ich vor dem Bild stehe und dich ansehe. Ich stehe nicht vor diesem Bild, sehe dich an, sehe dich überhaupt zum ersten Mal an und fange hier nun an, über dich nachzudenken, als würde ich nicht denken, dich gekannt zu haben. Wir lieben uns, dachten wir, wir kennen uns nicht, denke ich nun. Du stehst vor diesem Bild, mit hängenden Schultern und roten Haaren und schaust wie ein Habicht darauf und schüttelst dich. Erst zerlachst du das Bild, dann setzt du es wieder zusammen und beginnst dich erneut zu schütteln, zu schütteln vor etwas anderem, das ich nur sehen kann, weil du stattdessen viel lieber weinen möchtest. Und tatsächlich, eine Träne rinnt aus einem deiner Augen, doch du tust es nicht, du machst es nicht. Dann kannst du es fast nicht mehr festhalten. Dein Gesicht nicht und das andere nicht. Halte still, halte dich fest, umklammere dein Gesicht und höre den Schrei, wie er uns damals zusammenbrachte, uns zu sich rief, jeden für sich vor sich hinstellte, damit wir den Kopf nur noch zu drehen brauchten und uns erblickten. Du mich, ich dich. In der Stille, nein, in der von Murmeln und Schritten durchbrochenen Stille, der Eingangshalle einer großen Bank. Da hing dieses Poster, stark vergrößert und hinter Glas. "Der Schrei" in einer Bank, das zog uns beide an, das Widersinnige, das

Abstruse, das fast schon Lächerliche dieser Szenerie. Du hast bereits vor dem Bild gestanden. Ich stellte mich neben dich, zunächst ohne dich wahrzunehmen. Wir waren beide Gefangene, Gefangene eines Zaubers, eines Banns, der gebrochen wurde, durch ein Lächeln, ein geräuschvolles Lächeln von Dir.

"Ja, ja", hast du gemurmelt und ich habe dich anschauen müssen. Es war nicht dein grobgestrickter Pullover - ein von irgendwem handgestricktes, blaues, ausgeleiertes Woll-Oberteil - und es waren nicht die weiten, an dir schlackernden Jeans, es war nicht die Art, mit der Du einen Unterarm an deinen Brustkorb gedrückt hast, dessen Hand wiederum die Elle des anderen Arms umklammert hielt, der sich nach oben reckte, um mit aufgerichtetem Zeigefinger vor deinem Gesicht zu fuchteln. Es waren auch nicht deine rötlichen Haare, kurz geschoren und struppig nach oben frisiert, nicht dein leicht lächelnder, schmaler doch breiter Mund, nicht deine auffallenden, nicht zu erwartenden, dunklen, länglich geschnittenen Augen, nein, es war all das nicht, das mir gefiel, denn dein Leuchten hat all das in den Schatten der Unauffälligkeit zurückgestellt, dein unglaubliches Leuchten in tiefer Anteilnahme, Anteilnahme zu diesem Bild, diesem hinter Glas ausgestellten, billigen und riesenhaft vergrößerten Poster in der

Kühle dieser Halle, der Halle eines Ortes, der falscher nicht hätte gewählt sein können, für den nie endenden, nie zu Ende geschrienen Schrei.

Ich blickte in dein Leuchten hinein und du bist auf einmal zurückgezuckt, aus deinem Leuchten herausgetreten, wie einer, der aufgescheucht die Flucht antreten muss. Dein Körper hat sich gestrafft, deine Hand hat sich, über deinen Hinterkopf streichend, entspannt, du hast dich in dieser Geste gesammelt, um verschwinden zu können, verschwinden hinter dir selbst und deinem inzwischen wieder gelangweilt wirkenden Alltags Gesicht.

"Sorry, das ist doch in der Tat zu blödsinnig, dies hier", flossen Worte, abgehackt und zögerlich, aus deiner Kehle, flatterten in meine Richtung, ließen sich träge und erwartungslos auf meinen Schultern nieder. Ich habe mir über die Stirn gestrichen, als erwache ich ("Eine Erwachende bist du gewesen, in diesem Augenblick", hast du mir später immer und immer wieder geschildert) und dann deinen Pullover, deine Jeans, deine Haare, deine Augen ("ach, diese schönen, schwarzen Augen") und damit dein Alltags-Ich registriert. Und ich habe "Ja" gesagt und musste zu lachen anfangen, so ein nicht zu bändigendes Lachen ist das gewesen, wie Verrückte es manchmal lachen. Und weil es sich um dieses verrückte, widersinnige Lachen handelte, gesellte sich zur Freude eine Traurigkeit, diese Traurigkeit, die nässende Augen verursacht, unpassend nässende Augen, die man zu einem Lachen nicht erwartet. Und so bahnte sich eine winzig kleine, vorwitzige, kristallklare Träne ihren Weg über meinen Wangenknochen, der sie nicht aufhalten konnte, hinab in Richtung Wange und dort wurde sie behutsam aufgefangen, aufgefangen von einer weichen Fingerspitze, die sogleich gegen das Neon-Licht der grellen Röhren, weit über unseren Köpfen, dieser typischen, ungesunden Banken-Beleuchtung, gehalten wurde.

„Was machen wir nun mit dieser süßen Träne", hast du mich gefragt, nicht scheu, sondern vertraulich, als seien wir Komplizen in einem aufregenden Spiel. Ich sagte, ich schenke sie dir, sie passt ja zu diesem Bild und schon hattest du das Nass nachlässig an deinem Hosenbein abgewischt und das gefiel mir. Diese Nachlässigkeit nach einer Aufmerksamkeit, diese Mischung aus Spiel, Spaß und tiefem Ernst, das gefällt mir bis heute an dir. Das liebe ich, das entspricht dir, das entspricht mir, das entspricht dem Zustand, in dem wir uns befunden haben, seit wir uns vor diesem Bild gefunden haben. Gefunden, wie man ein glitzerndes Steinchen am Wegesrand findet und aufheben muss, weil es zu einem zu gehören scheint. Man steckt es behutsam oder auch lässig in seine Hosentasche und sucht dann in der

Wohnung einen Platz dafür, um den Schatz, diese Erinnerung an etwas Zugefallenes, das gut gewesen ist, um sich zu haben. Um sich zu haben, wie ein Zeichen dafür, dass nicht alles falsch läuft in diesem Leben. Nein, wir sind nicht, nachdem du dich meiner Träne entledigt hattest, wie in Kinofilmen üblich „noch einen Kaffee trinken" gegangen. Wir sind auch nicht Hand in Hand über Straßen und Bordsteine gerannt und noch im Treppenhaus übereinander hergefallen, ausgehungert, wild und leidenschaftlich. Wir sind einfach in die Bank hinein gegangen, ein jeder für sich an seinen Schalter, ohne uns nach dem anderen umzudrehen. Und nachdem das ohne Hast, weder kopflos noch aufgewühlt, erledigt gewesen ist, das, was uns hierher und zueinander geführt hatte, diese lästige Pflicht, fanden wir uns wie selbstverständlich erneut vor dem „Schrei" wieder. Fast gleichzeitig führte uns der Zufall durch die Drehtür hinaus in das kühle Entree, du warst mir um zwei Schritte voraus, hieltest vor dem Bild hinter Glas an, wartetest diese Sekunde ab, bis ich mit dir gleichauf dort stand, dann drehten wir langsam unsere Körper in Richtung Ausgang, liefen schweigend nebeneinander, sehr selbstverständlich fühlte sich das an und ich erinnere mich, in mir eine ganz ungewohnte Ruhe und Sicherheit gespürt zu haben, die lange anhielt. So gingen wir zu einer großen Straßen-Kreuzung. Dort angekommen, zeigte deine rechte Hand kurz lässig in irgendeine Richtung und ich überließ dir die Führung. Unsere Füße hatten weder Eile, noch Lust auf Verzögerung. Dann standen wir vor einer dieser typischen Berliner Altbauten, du schlossest die Holztür auf, die grün angestrichen worden war, die Farbe wirkte noch frisch und jung, so als sei der Anstrich nicht lange her. Sie erschien mir bekannt, das Treppenhaus ebenso, das Namensschild an einer weiteren Tür ist aus Kupfer gewesen und auch das schien mir vertraut und folgerichtig, wie im Weiteren der Duft im Flur der Wohnung und die spartanische Einrichtung ohne Chichi.

Du fragtest, was ich trinken wolle, ich sagte „Wasser", du verschwandst in deiner Küche und kamst mit einem Tablett zurück, auf dem sich diverse Tüten mit Keksen, Salzgebäck und Schoko-Bons stapelten, dazwischen zwei Gläser und zwei Tassen mit aufgebrühtem Kaffee, eine Flasche Rotwein und eine Karaffe mit Wasser.

Derweil hatte ich die Füße bereits zu mir auf die Couch hochgezogen, den Kopf müde gegen ein großes Kissen gelehnt und sah dir fast schlummernd zu, wie du das Tablett auf den niedrigen Tisch platziertest und Glas und Tasse vor mich hingestellt hast. Aber ich hatte keinen Hunger und ich hatte auch keinen Durst. Ich wartete darauf, dass du neben mir auf der breiten Couch Platz nehmen würdest, um mir deine breite, weiche Brust anzubieten, auf die ich meine Schläfe gleiten lassen wollte, um sogleich meine Nase tief in das raue Garn des Pullovers zu wühlen. Ich hatte Sehnsucht nach deinem Geruch, diesem Geruch nach Heimat, Zweisamkeit und Wohlgefühl. So kam es, wie es kommen musste, denn bald schon setztest du dich zu mir und ich schlief, den Kopf in den Pullover vergraben, ein.

Später sagtest du mir, dass du wusstest, als ich schlafend auf dir gelegen habe, dass alles zwischen uns richtig sei.

„Wenn zwei sich noch nicht kennen, sind sie geschäftig, rennen umeinander herum, befummeln sich und den anderen, übertönen das Fremde mit Intimitäten, die noch ungeschickt und fahrig von statten gehen. Aber Niemand rollt sich wie eine Katze zusammen und schläft so friedlich, wie du geschlafen hast. Niemand tut das, außer sie fühlt, dass sie nach Hause gekommen ist."

Hatte der Schrei uns erhört, dieser gellende, nach innen gerichtete Ton, der uns dann und wann, jeden für sich allein, fast zerbersten ließ?

Das Kennenlernen der kommenden Wochen und Monate war erstaunlich unprätentiös. Wir sahen uns fast täglich, sprachen ganz selbstverständlich die Zeiten ab, die wir für unsere Jobs benötigten und fanden uns jeweils pünktlich, mal in meiner, mal in deiner Wohnung, ein. Wir kochten zusammen, tranken, tanzten, liebten uns und redeten, redeten, redeten. Wir erzählten uns die Geschichten aus unserem Leben, mit einer, mir unbekannten, Offenheit und Leichtigkeit. Die Seele des einen, der gerade schwieg, begleitete mitfühlend und staunend das Gehörte, doch eine seltsame Gelassenheit und Ruhe wich dabei nicht von uns. Keine Wertung, kein Erstaunen über die eine oder andere Begebenheit breitete sich zwischen uns aus. Wir nahmen einander in vollkommener Selbstverständlichkeit an. Wir waren nun Zwei, wir waren ein Paar. Wir fühlten uns als das "richtige Paar".

Ich sehne mich in diesen Zustand zurück, doch gerade jetzt, wo ich über dich nachzudenken beginne, als würde ich nicht denken, dich gekannt zu haben, gerade jetzt scheint dieser Zustand unwiederbringlich verloren zu sein. Es geschah vor drei Tagen. Die Sicherheit, die Selbstverständlichkeit und das Vertrauen wichen von uns. Platz nahmen dafür Beklommenheit, Fremdheit und falsche Töne. Die Auslöschung unserer Liebe kam rabiat und ohne Vorwarnung. Nichts war geschehen, nichts Außergewöhnliches zwischen uns vorgefallen, doch die Erinnerung an den jeweils anderen blieb aus. Ich klingelte an diesem Tag an einer grün gestrichenen Wohnungstür, die ich nicht mehr erkannte, durcheilte ein fremdes Treppenhaus und stand vor der offenen Tür, zu einer, mir unbekannt scheinenden, Wohnung. In der Tür hast du gelehnt, eine Grimasse gezogen, dich dann ganz dünn gemacht, damit ich an Dir vorbei schlüpfen konnte. „Schließe bitte nicht hinter mir diese Tür ab", habe ich noch gedacht, während du die Tür, wie immer, ins Schloss fallen ließt.

„Das ist genau der Mann, den ich seit Monaten liebe", sagte ich mir, in dem Wunsch mich zu beruhigen.

„Nein, nein", durchfuhr es mich, „das ist er doch gar nie gewesen".

Ich blickte in deine Augen, diese Augen wie Kohlen, viel zu schwarz für dein sommersprossiges Gesicht, für deine helle Haut. Du hast kalt ausgesehen, wie ein kalter Mensch und dein Blick ließ mich zittern.

„Du zitterst ja am ganzen Körper", sagtest du nun, deine Stimme erkannte ich nicht, sie klang scheppernd wie Blech, das aufeinandergepresst wird, bis es bröselnd zerfällt. Der Flur kam mir kilometerlang vor, als du mich um die Taille fasstest und mit mir ins Wohnzimmer gingst. Dein Körper schien mir abweisend zu sein, trotz der liebevollen Geste, ein fremder Körper, der stereotyp etwas tat, weil er dachte, so sei das zu tun. Ich setzte mich auf die Couch und wartete auf mich selbst, wartete, dass ich wenigstens mich wiedererkennen würde, in dieser Kulisse deiner Wohnung.

„Du bist doch nicht krank?", hast du mich gefragt, gefragt in einem zischenden, nahezu empörten Ton, als hätte ich dir etwas verschwiegen, das du doch hättest wissen sollen, bevor du in meinen Banden gefangen lieben musstest.

Ich schüttelte den Kopf und schaute aufmerksam in das Schwarz deiner Augen hinein, „nein, nein, nein", lachtest du in dich hinein, „nein, nein, ich bin auch nicht krank".

Und so ging es fortan bis heute immer weiter, immer weiter fort von uns als Paar, uns als Liebende, uns als Glückliche. Immer mehr ist verschwunden, die Zeiger der Uhren dieser Welt fraßen mit jedem Sekundenschlag ein neues Stück unserer inneren und äußeren Verbundenheit. Wir lagen wie Tote des nachts in meinem oder in deinem Bett nebeneinander, kalt und steif, hielten unseren Atem an, verkrampften uns, darauf lauernd, dass der fremde Andere oder die fremde Andere zubeißen, die eckigen, spitzen Vampirzähne in unsere Halsschlagader rammen oder einen Dolch unter dem Kopfkissen vorziehen würde. Unseren heutigen Morgen verbrachten wir schweißgebadet, fahrig und schweigend, nebeneinander wie

Gliederpuppen, mechanisch, die Zähne putzend.

Ich habe keinen Kaffee bei dir getrunken.

Unsere abwesenden Blicke trafen einander, ein letztes „Good Bye", habe ich noch gemurmelt und du hast kraftlos eine Hand gehoben. Dann floh ich zur Tür, durch den Treppenflur hinaus auf die Straße, die in ihrer unendlichen Leere grellblau und blutrot sanierte Häuserfronten preisgab, vor denen knorrige Bäume standen, als seien sie aus Kohle gezeichnet. Die stämmigen, kurzen Äste zeigten zum Himmel, als würden sie ihn in alle Ewigkeiten hinein verfluchen müssen, diesen Himmel, der voller Schuld auf unsere Erde zu stürzen droht.

Nun sitze ich getrieben auf meiner eigenen Couch und zerdenke dich, zerhacke alles, was ich von dir zu wissen glaubte.

Ich sehe dich vor diesem Bild stehen, mit hängenden Schultern und roten Haaren und du schaust wie ein Habicht darauf und schüttelst dich.

Erst zerlachst du das Bild, dann setzt du es wieder zusammen und beginnst dich erneut zu schütteln, zu schütteln vor etwas anderem, das ich nur sehen kann, weil du stattdessen viel lieber weinen möchtest. Und tatsächlich, eine Träne rinnt aus einem deiner Augen, doch du tust es nicht, du schaffst es nicht. Dann kannst du es nicht mehr

festhalten. Dein Gesicht nicht und das andere nicht.
Ich stelle mich zu dir und wir trauen uns. Wir
mischen meinen Schrei und deinen Schrei, mischen
unsere Schreie zu einem einzigen, gellenden,
erlösenden, großen **SCHREI.**

I tried to tell you

Da sitzt du, wie ein lässiges Tier, vor mir auf deinem
blauen Sessel, der überhaupt nicht dein Sessel ist,
sondern mir gehört, doch wir teilen
inzwischen alles, was wir haben. Der Sessel
wurde von dir okkupiert, kraft der
Würde deiner unwiderstehlichen
Selbstverständlichkeit, mit der du dich auf ihn wirfst,
es dir zwischen seinen Lehnen und seinem
Rückenpolster, so bequem wie möglich, einrichtest,
die Beine weit von Dir gestreckt, den Kopf ein wenig
zur Seite geneigt, ein Buch in der Hand, eine Zeitung
oder einfach mit nichts darin fläzend und trotz der
lässigen Haltung, die sich nicht einmal minimal auf
Knautschfalten am Hals oder elegante Haltung hin
kontrolliert, siehst du natürlich wieder wirkungsvoll
aus. Ich weiß nicht einmal genau, ob du dir bewusst
bist, wie unwiderstehlich deine Wirkung auf andere
ist, ich habe mich das manchmal gefragt, obwohl ich
zunächst natürlich davon ausgegangen bin,
dass du um deinen Magnetismus weißt, aber es gab
dann doch die eine oder die andere Irritation, die
mich überlegen ließ, ob du gerade deshalb so
selbstverständlich, in allem was du tust, zu dir selbst
stehst, weil du dir gar nicht so viele Gedanken
darum machst und eher wie ein Tier, bitte verzeihe

mir diesen Vergleich, aber du weißt ja, dass Tiere für mich etwas ganz Wunderbares sind, schöne Wesen in ihrem So-sein und deine Ausstrahlung auf mich ..., nein, nein, lächele jetzt bitte nicht, mit deinem unfassbar mädchenhaften, belustigten Lächeln lächelst du mein Sprechen weg, unschlüssig auf deine, nun vor dir ausgestreckt gehaltenen, Fingerspitzen blickend. Dein ironisches, doch irgendwie unschuldiges, unmittelbar auftauchendes Lächeln, das dein Männergesicht in ein anderes, ein zweites Gesicht zu verwandeln scheint, das mich dann gänzlich aus der Fassung bringt, gerade jetzt, da ich versuche, dir etwas Wichtiges zu sagen, etwas, das ich dir unbedingt sagen muss, obwohl es weh tun wird, es zu sagen und weil es weh tun wird, sehr weh sogar, was dann als Folge des Gesagten, meiner Worte also, unser Leben als Paar vollständig auf den Kopf stellen wird, und nun habe ich tatsächlich den Faden verloren, ich verliere mich mehr und mehr, wie du siehst und dazu dein Lächeln, wie du vor mir sitzt, die Beine jetzt übereinandergeschlagen, eine Hand auf die Lehne gelegt, auf die andere deinen Ellbogen, mit der dazugehörigen Hand deine Schläfe abstützend, immer noch leger wie ein Tier, immer noch ganz frei und ohne Sorge, blickst du weiterhin lächelnd vor dich hin, versteckst dein Lächeln ein wenig hinter deinen schwarzen Strähnen, deinem Pferdehaar, das immer glänzt, wie die blauschwarzen Federn eines Vogels, einer Krähe, nein, entschuldige, natürlich nicht einer Krähe, es erinnert eher an, ach, das ist ja jetzt auch völlig unwichtig, ganz egal, was ich dir sagen möchte, hier, an diese weiß getünchte Wand gelehnt, sehr schutzbedürftig, schutzbedürftig vor dir, dieses Mal, schutzbedürftig, damit du mir nicht den Atem nimmst, bevor ich dir meinen Entschluss nahe bringen kann, so wie er nahe gebracht zu werden verdient, nämlich mit Ernst und Respekt, für diese, meine, tiefernste und tief schmerzende Entscheidung. Nun hast du, ich hätte es mir denken können, eine neutrale Miene aufgesetzt, um mir zu verstehen zu geben, dass du mich in jeder Faser meines Denkens, Sagens und Seins vollkommen respektierst und ich weiß natürlich auch, dass das so ist, du respektierst mich und hast mich immer respektiert und bist dir scheinbar immer so sorglos sicher gewesen, dass wir, also wir beide, wir zusammen, einfach gottgewollt und richtig sind, auch wenn du das niemals so pathetisch ausgesprochen hast, niemals so aussprechen würdest, sondern es mir eigentlich nur in jeder Minute unserer gemeinsam verbrachten Stunden,

Tage, Wochen und nunmehr seit Monaten zeigst, indem du mit mir lebst, sprichst, liebst, streitest, isst, trinkst, schläfst, als gäbe es nichts Selbstverständlicheres als dies. Wir sind frei Füreinander, nennst du das, wir können atmen, wenn wir miteinander sind, das sind deine Worte, so ist sie, deine Ausdrucksweise, sonderbar und schnörkellos, doch deine Worte bringen genau das auf den Punkt, was im Raum liegt, so zwischen all dem, was unser gemeinsames Leben ist. Du sprichst von der Luft, in der wir uns miteinander bewegen und nicht, wie andere, über all die Dinge, die uns angeblich verbinden. Bitte, beginne jetzt nicht unruhig zu werden, du streichst ein wenig mit deinen bloßen Füßen über den Dielenboden, auf dem dein Sessel steht, den du jederzeit bereitwillig verlassen würdest, falls ich mich in ihn hinein schmiegen wollte, um dich dann noch gemütlicher auf das Sofa zu betten, mit aufgestütztem Kopf und Neugier in deinen tiefblauen Augen. Oh Gott, wie soll ich dir das alles erklären, in Ruhe erklären, was in mir vorgeht, es begann mit einem Zitat von Vincent van Gogh, ich las es vor sehr kurzer Zeit, vor wenigen Minuten fast, auf der Heimfahrt in der U-Bahn, ich hatte gerade einen Sieg, einen unfassbaren Triumph, über die kleingeisternde

Mobbing-Meute in meinem Grusel-Büro, in meinem schauderhaften Job-Interieur erlebt und schaute in ein Magazin, das ich mir heute, als Belohnung für diesen Streich, geleistet habe, so ein kunstvoll glänzendes Art-Magazin. Das erste, das ich aufschlug, war diese Seite, auf der das komplizierte Innenleben von van Gogh beschrieben wird, sehr interessant übrigens, toll geschrieben ist das, vom Dings, vom, du weißt schon, dem, der das neue Buch, das auf meinem Nachttisch liegt, ach, egal, das Zitat ist formatiert gewesen, formatiert wie ein Gedicht, warte, ich denke nach, jaja, ich hab´s, ich sag´s dir:

I thought
love
would
heal me
but it
hurt
me more

Und als ich diese berührenden Worte gelesen habe, da wusste ich auf einmal, da wusste ich eben plötzlich, dass nicht das Mobbing im Job mein

Problem ist, sondern diese Liebe, diese unglaublich schöne, bereichernde, stärkende Liebe, die mir heute in diesem furchtbaren Büro, diesem Käfig, meine Sicherheit gegeben hat, dass all die Mühe und all die Raffinesse, mit der man versuchte, mich zu demütigen und zu zerstören, ja, ich sage es, zu ZERSTÖREN, dass diese Mühe jener Subjekte ganz umsonst gewesen ist, denn ich lief vom frühen Morgen an mit geradem Rücken und stolz erhobenem Haupt und einem Lächeln auf meinen Lippen, einem Lächeln, das an dich dachte, von dir gezaubert also, auf meinem Gesicht lag, ein Lächeln wie ein Schleier gewissermaßen, so stolzierte ich an diesen Menschen, mit ihren toten Augen, in ihren toten Seelen und ihren leeren, tumben Körpern vorbei, die an anderen Tagen nur dann eine menschenähnliche Regung auf ihren Gesichtern zeigten, wenn sie mich leiden sahen. Diese toten Augen in den toten Seelen. Sie nennen sich lebendig und mich nennen sie abgehoben und nur dann und wann zeigte sich, seit ich sie meine Kollegen nennen muss, ein Feixen in ihren Gesichtern, ein Feixen aus Gehässigkeit, immer dann, wenn sie etwas in mir zerstören konnten. Heute sah ich nichts, heute glotzten nur leere Gesichter aus ihnen heraus, ganz leer sind sie geblieben, ihre bleichen Gesichter und am Ende, als der Tag vorbei gewesen ist, dieser Büro-Tag, den sie großkotzig Arbeitstag nennen, da hat mich die Eine und der Andere tatsächlich mit einem Gruß verabschiedet. Ich wusste einfach, ganz tief drinnen, dass nun die Zeit des Mobbings vorbei sei, dass meine zurück eroberte Selbstsicherheit, mein Strahlen und mein Glück, ein Glück, das nicht in ihren Händen lag, für alle sichtbar ihrer Kontrolle entzogen blieb, meinen Sieg nach Hause tragen würde. Und dann, später in der U-Bahn, da las ich diese Zeilen von van Gogh und ich dachte, dass das Mobbing doch ganz harmlos gewesen ist, der Job ist doch eigentlich ganz wurst, ich muss mit ihm ein wenig Geld verdienen, wir beide müssen tagtäglich ein wenig Geld verdienen mit irgendwelchen Jobs, damit wir für den Rest des Tages frei für das sind, was wir lieben, also für unsere Zweisamkeit und, jeder für sich, für seine Begabung, seine Kunst, wenn ich es einmal so großkotzig formulieren darf und auch wenn ich heute nicht diese Meute besiegt hätte, dann wäre meine Welt ja doch nicht mit Jenen untergegangen, dann hätte ich mich doch immer noch wegen des Mobbings krankschreiben lassen und irgendetwas neues finden können, aber das, was mich heute hat siegen lassen, das bist allein du gewesen, deine Person in meinem Leben, nein,

nein, keine Angst, ich kann ohne dich leben,
irgendwie, das habe ich doch vor dir auch getan,
aber Gott weiß wie. Mein Gott, wie täte mir das
weh, wie würde es mir mein Genick stauchen, wenn
du, mit deiner Unwiderstehlichkeit, mit deiner
spielerischen Schönheit, mit deiner Wärme,
abwandern wolltest. Du ließest mir deinen Sessel
natürlich hier, nicht nur, weil er mein Sessel ist,
mein Eigentum, sondern weil in diesem Fall, deiner
liebenswerten Ansicht nach, jeder Sessel natürlich
mein Sessel hätte bleiben dürfen. Schmerz-
Minimierung würdest du das nennen.
Schmerzminimierung, pah!
Du würdest mir alle Übergangshilfen der Welt
zugestehen, du würdest mir dazu eine ewige
Freundschaft vorschlagen und viele Gespräche, jaja,
ich weiß, aber wenn du in den Armen einer anderen
Frau glücklicher werden könntest, mit einer Frau
also, die dir gewachsen ist, in deiner überbordenden
Selbstverständlichkeit, dann würde ich doch
zusammenschrumpfen müssen, wie damals, wie in
dieser Zeit, in der mich meine Peiniger, obwohl doch
allesamt Personen, die ich weder hoch achte, noch
schätze oder gar liebe, in ihrem diffusen und
behaupteten Menschsein, quälen wollten ...
Ich schweife ab, aber ich will dir jede noch so

unwichtige Regung meines Seins mitteilen, du sollst das wissen, du musst es wissen, ich bin doch glücklich, stolz und selbstsicher nur durch dich, nur durch dich als mein Zuhause, als mein Schutzwall, mein Zuhause aus Liebe und Licht und Akzeptanz ... Weißt du, woran ich heute denken musste, als ich an den Kollegen vorbei schwebte, die bereits in der Kantine darauf warteten, dass ich mich, wie so oft, an einem der freien Plätze zu ihnen an den Tisch wünschen würde, während sie nicht einmal von ihren Tellern aufschauen wollten, ihren graubraunen Tellern aus Klößen und Soße und Fleischklopsen, oder ihren gelbgrünen Tellern aus Kartoffelbrei, gedünstetem Gemüse und Sojatalern. Sie dachten, sie könnten wieder einmal ihr hässliches Spiel spielen und ohne aufzusehen, ihre widerwärtigen Köpfe schütteln und murmeln: besetzt.

Doch ich fragte sie diesmal nicht nach einem Platz, mir war gar nicht in den Sinn gekommen, nach einem Platz an ihrem Tisch zu fragen, ich schritt meinen Weg an ihnen vorbei, grazil mein Tablett balancierend, lief einen Catwalk in den hintersten Teil der Kantine, nur weil ich meine Erinnerung an dich und die vergangenen Stunden mit dir, nicht mit ihnen teilen, nicht von ihnen verschandeln lassen wollte.

Ich schritt also lächelnd, so als sähe ich sie gar nicht (ich sah sie wirklich nicht oder nur kaum), schnurstracks zu einem kleinen, freien Tisch, einem nackten, kalten Tischlein, direkt an einem Fenster gelegen, du musst wissen, die Kantine liegt im 9ten Stock, du kennst ja das Gebäude, und vom 9ten Stock schaut man nur in die Weite, in Richtung des Kanals, ich sah also nur blauen Himmel mit weißen Wölkchen und in der Ferne diesen silbrig schillernden Streifen aus Wasser und ich fühlte mich so ganz erleichtert und richtig, in dem Wissen, dass ich nur hier, allein mit dir im Kopf, sitzen möchte und lächelte in mich hinein, (wie du jetzt die ganze Zeit, während ich dir das erzähle) und fühlte die neue Freiheit, die sich nun auftat, die sich nun eindeutig aufgetan hatte.

Das alles verdanke ich dir und deinen ausgebreiteten Armen, wie sie auf meinen ausgebreiteten Armen lagen, ineinander verdreht, so, wie sich unsere Körper umeinandergeschlungen hatten, zuvor, weil du mich mit dir bedeckt hast, deinen Körper über den Meinen gelegt hast, so, wie ich es liebe, wie du weißt, dass ich es mag. Bauch an Bauch, Arm auf Arm, deine Stirn über der Meinigen schwebend, dein Mund über meinen Augen, du in mir, nein, nein, gar nicht devotes Frauchen, nein, ganz zugedeckt nur, ganz bedeckt, ganz geschützt im WIR, so, wie deine Hände in meine Hände verschlungen, so taten unsere Körper das auch, nach dem Vorbild unserer Hände und du sagtest, komm, wir fliegen eine kleine oder große Runde über den Dächern und ich sagte, hallo, ich will gerne noch höher hinaus, hoch über den Wolken fliegen mit dir und du sagtest, da ist aber schon die Sonne zu Hause, sie wird uns ziemlich grell in den Rücken stechen und ich sagte, oh, aber wo sollen wir denn nun hin, die Leute werden mit ihren Unterarmen ein Kissen auf ihrem Fensterbrett bilden, dieser Yogaübung des Proletariats sozusagen, sich da hinein entspannen und die Köpfe entschlackend nach uns drehen, das ist doch furchtbar, das will ich doch nicht sein, ein Objekt der Beweglichkeit von Hälsen.

Dein Kichern ist kitzelnd gewesen, doch du fandest den Ernst zurück, den gespielten Ernst in dieser Innigkeit, in der Umarmung unserer Körper, die eigentlich nur ganz gewöhnlich auf dem Bett lagen, aber nun eben doch eine Runde miteinander fliegen wollten und so versteckten wir uns rasch in den Wolken, diesen warmen, weichen Wolken, zwischen der Sonne und den Menschen, mit ihren verdrehten Hälsen ...

Dieses Bild habe ich mit mir in dieses unsägliche,
unwichtige Büro genommen und in den Wolken ist
der Schutz gelegen, der erst abgefallen ist, als ich in
die U-Bahn gestiegen bin. Was wäre wenn ... hat es
hinter meinen Schläfen zu pochen begonnen, nein,
nein, bitte, nicht schon wieder in dich hinein lächeln,
nein, es hat wirklich gepocht in meinem Kopf, fast
wie ein Schmerz, so stark, aber es ist eben nur dieser
Gedanke gewesen, was sein würde, mit mir, wenn
du eines Tages nicht mehr willst, wenn du fort
musst, wenn es dich wegtreibt von mir, was dann
werden wird aus mir, mit diesem Schmerz, der dann
wirklich ein Schmerz sein würde, ein gellender
Schmerz, sozusagen, ein alles heimsuchender und
mit sich nehmender Schmerz, auch wenn der Sessel
noch vor mir stünde, so, als warte er auf deine
Heimkehr.
Ich zittere am ganzen Körper, siehst du,
ich zittere nun, denn ich denke, es ist wichtig, dass
du das alles weißt, damit du das verstehen kannst,
wenn ich dir nun sage, dass ich das so nicht ertragen
kann und dass es viel besser ist, wenn wir uns nun
verabschieden, wenn sich unsere Wege nun
trennen, wenn wir die Chance nutzen, die sich uns
bietet, mit dieser Trennung, die durch eine
vernünftige Überlegung zustande gekommen ist und

nicht, weil das bleierne Schicksal gesprochen hat, dieses Blei, das stets über den Köpfen der Liebenden hängt, auch wenn sie sich in Wolken betten.

Ich schweige endlich, ermattet, angespannt und vor mich hinschauend, schauend zu dir, der nun die Last meiner Worte zu tragen hat und es erstaunt mich nicht, dass du mich nun bittest, lächelnd bittest, endlich auch einmal etwas sagen zu dürfen.

Und du sagst, ich habe uns Kinokarten für heute Abend besorgt. Und ich frage, für welchen Film hast du uns Kinokarten besorgt und du antwortest, für irgendwas von Lars von Trier. Und, Oh, sage ich, das ist bestimmt ziemlich skurril, was wir in seinem Film zu sehen bekommen. Und so wird dieser Abend, ein Abend mit dir und mit mir, vermutlich doch noch sehr fein.

Derweil eine Tat

Ich kann sie nicht mehr aufrechterhalten, diese innere Konstruktion, die ich mir erschaffen habe, um der sogenannten Wirklichkeit gewachsen zu sein. Einer Wirklichkeit, gemacht aus Eisenstäben, die uns alle in bestimmte Haltungen, in Verrenkungen und Verkrampfungen hineinzwingt, zu der wir, nach allen erlittenen Grausamkeiten, JA sagen sollen wie die Lämmer. Ein Ja wie ein Mäh, ein Mäh für das Ja!

Der Schutzwall bricht, nein, der Schutzwall ist längst gebrochen, Tag für Tag, Nacht für Nacht, derweil Du im „Lost Paradise" die Augen aufhältst, um einen Gefährten zu finden, einen, der dich durch den neuen Tag träumt, der dich mir entgehen hilft, der mich noch einsamer werden lässt, als ich es vor dir gewesen bin. Derweil du, derweil ihr alle, euer Leben zu leben versucht, in dieser Welt, die wir allesamt zusammen erfunden haben, irgendwann, weil wir alle nur Toren sind, herz- und hirnlose, törichte Verdammte, die wir an unserer Wahrheit vorbei gefunden haben, an dieser einzig zählenden Wahrheit vorbei, die aus jenen Bildern besteht, die uns glühen machen und die längst durch die Wirklichkeiten hinweggespült sind, hinweggespült und gelöscht und ein für alle Mal weg gewischt, als seien sie Plunder billigster Sorte.

Dein Balance-Akt gelingt dir besser als mir, dein schwankender Gang zwischen Gegebenem und Gewünschten. Du strauchelst, doch du tust das noch immer mit Grazie. Mir misslingt mittlerweile sowohl der Flug des Ikarus als auch der lange Weg zum Schafott. Nichts hält mich mehr, nichts hält mich noch zusammen, alles ist ausgebombt in meinem Hirn, meine Seele zerfetzt, die Welt um mich herum wüst und leer. Mein Blick streunte noch lange suchend durch öde Landschaften, er fand keinen Halt, keine Schönheit, an der zu haften mich retten könnte.

Eine Amsel singt uns ein letztes Lied, derweil die Tiere in den Käfigen, in den Drahtgestellen ihrer Mast-Hirten, die Augen im brennenden Schmerz verdrehen und ihr Schrei, ihre Klage unter dem Bolzen-Schuss feister Weltbürger verstummt. Das Grinsen in all diesen hässlichen Gesichtern, tagein, tagaus, sich erhebend als Masse, über Kreaturen aus Schönheit gemacht und denen, die sich abwenden, voll Scham und Qual, rausdrehen, aus diesen Koordinaten, aus diesen Algorithmen, aus diesen Vorgaben an Freiheit, an prozentualen Rationierungen, an Teilhabe an was auch immer. Teilhabe, das Wort schon ist in Teile zerhackt, wie mein Wünschen durch meine Unfähigkeiten zum Zerrinnen verflucht wurde.

Welche Instanz, welche Gottheit, hat mich zu meinem Sein verdammt, zu dem ich nun Ade sage, alle verwünschend, letztlich vergebend, außer, ja, außer mir selbst. Unverzeihlich ist dieses, mein Leben gewesen, unverzeihlich, mit jenen Wunschbildern, jenen schillernden Visionen ausgerüstet einher laufen zu müssen, ohne ihnen Sichtbarkeit, nein, ohne ihnen Wirklichkeit geben zu können. Denn nur diese ist es, die zählt, die ach so vielzitierte Wirklichkeit.

Ein Scheitern, ein einziges Scheitern am eigenen Anspruch, das ist es gewesen, dieses, mein Leben genannte Etwas, das mich dazu brachte, mich zwischen Träumen und Wirklichkeiten hindurchzukämpfen, bis ich den goldenen Faden, gesponnen aus Überleben und Willen, gänzlich verloren habe. Nein, dieses Leben will ich nicht mehr, will es auch nicht in, von Camus stoisch gedachter, Größe länger noch tragen müssen, ein bloßes Aushalten, dazu sage ich endlich mein NEIN, nein und nochmals nein, ein für alle Mal NEIN, bis alles mit dem letzten JA zur Tat verstummt.

Und derweil ich sterbe, werden die erinnerten Weichen im Gras, damit ein Zug seine Richtung kennt, liegen (schlafen und träumen vielleicht!), derweil die Vögel ihr heiseres Zwitschern versuchen, derweil ein neuer Tag hereinbricht (über unser aller

Köpfe hereinbricht), derweil die Wecker schrillen, derweil eine Tür ins Schloss fällt, derweil eine andere Tür sich öffnen muss. Geschäftigkeit. Ihr Alle. Ich auch. Nun: Schluss.

Eine fehlt noch

"Eine fehlt noch", sage ich zu dir und du gibst keine Antwort.

"Ich melde mich. Mach dir keine Sorgen, bis dann, schlaf gut, hinterher..."

Sie hat den Hörer bereits aufgelegt, das Telefon gibt mir das Zeichen, dass ich nun in Ruhe arbeiten darf.

Der Tag ist grau gewesen. Ich habe mir die Zeit vertrieben. „Die Zeit vertreiben" ist ein Ausdruck, den ich gerne mag, weil er mich auch bedrückt. "Auch", wohlgemerkt, nicht "nur". „Sich die Zeit vertreiben" bedeutet manchmal nichts weiter, als einen Tag ohne Termine zu verleben, die dann die Zeit mit dem gefüllt hätten, was durch die Termine gefordert wäre. Manchmal sind Termine ein recht angenehmer Zeitvertreib, ich mag meine Jobs durchaus gerne, auch wenn ich ohne sie komfortabler leben sowie arbeiten könnte. Das unangenehme an Terminen ist die Tatsache, dass sie sich zeitlich aufdrängen, meine Person ihrer Freiheit berauben, aus dem Augenblick heraus schöpfen zu dürfen. Diese spielerisch anmutende Spontaneität entspricht den Anforderungen meiner nicht gewählten, sondern schicksalhaft auf gedrungenen Arbeit, der Schriftstellerei nämlich. Nun habe ich mich also selbst als Schriftsteller tituliert, warum soll ich allzu lange um diesen Daseins-Zustand drum herumschleichen, auch wenn es zwei Jahrzehnte dauerte, bis ich mich öffentlich dazu bekannt habe.

Ein Termin ist ein Kommando. Auf ein Kommando geht kein inneres Licht an, keine Idee zeigt sich, die sich mal eben so, per Fingerschnipp, formuliert. Der Termin als Kommando verlangt, dass ich Raum frei schaufle, für das, was der Termin von mir einfordert. Das Schreiben meiner erfundenen Geschichten wird niemals zu einem Termin werden können, die Sätze kommen und gehen, wie und wann sie wollen. Ich muss nur warten und bereit sein, um ihnen auf einem weißen Papier ihre Sichtbarkeit zu schenken.

"Ein Termin gibt vor allem Struktur vor", höre ich dich sagen, "meine Kinder wären ohne ihre Termine nie zu vernünftigen Menschen geworden."
Als du diesen Satz zu mir gesagt hast, ist mir unser unüberbrückbarer Wesensunterschied sehr klar geworden.
"Wie gut", habe ich da bei mir gedacht, nein, tief empfunden, habe ich das, "wie gut, dass wir auch als Paar unser jeweils eigenes Leben leben".

Ein Paar sein und doch jeder für sich bleiben können. Das mag unromantisch klingen, es ist auch nicht besonders romantisch, aber es ist auch kein bloßes Konstrukt der Vernunft, sondern einfach die Minimierung einer Unzumutbarkeit.

Du kannst letzten Endes, auch wenn du es manchmal bestreitest, nicht mein Leben mit mir "teilen", wie ich nicht das deine. Eines deiner Kinder studiert, das andere macht gerade sein Abitur, dein Ex-Mann ist auch als Ex der wunderbare Vater, der er war, er zahlt, was es zu zahlen gibt und du hast deinen Halbzeitjob als Vorzimmerdame einer Anwaltskanzlei. Gut, schön, alles ganz sauber, alles o.k., du vertreibst dir nicht, wie ich, die meiste Zeit deine Zeit, sondern du lebst ein Leben, denn so nennt man das, was du tust. Ich verdiene mein Geld mit Jobs, ein bisschen „Deutsch als Fremdsprache", ein bisschen Volkshochschule und hier und da ein journalistisches Resultat. Alles ist so drum herum drapiert, wie ich zu sagen pflege, um meine Arbeit, um mein Schreiben. Vor 2 Jahren kam es zu meiner ersten Buchveröffentlichung in einem winzig kleinen, dafür aber halbwegs erträglichen Indie-Verlag. Einer dieser Verlage, der durch sein gesellschaftspolitisches Engagement besticht und vom Feuilleton geflissentlich übersehen wird. Dafür genießt er viel Ansehen in gewissen, linken Kreisen und hat - tatsächlich - den einen oder anderen interessanten Autor veröffentlicht. Oder, so sorry, natürlich wird auch die eine oder andere spannende Autorin im Verlagsprogramm geführt.
"MeowBooks" heißt dieser Verlag, es ist der allerallerletzte Verlag gewesen, dem ich, nach

vielen, vielen anderen, großen Verlagen, mein Manuskript angeboten habe, und siehe da, "MeowBooks" hat sich dann um mich gerissen.

Doch um all das geht es nicht, niemals und auch heute Abend nicht, an diesem Tag, der grau über mir hängt, der draußen, auf der Straße, in meinem Mantelkragen Platz genommen hat, dass mir fröstelte. Zuvor hing er als schwarzer Schatten über der "Guten-Morgen-Kaffeetasse", die du mir geschenkt hast, geziert durch ein Thomas-Mann-Konterfei und ich hatte mich damals gefragt, ob du mich lieben kannst, wenn du dir diesen Scherz mit mir erlaubst. Nach einiger Überlegung verweigerte ich jede weitere Überlegung und sagte mir: "Egal, aus dieser Tasse trinke ich von heute an meinen Guten-Morgen-Kaffee".

Ob du etwas von mir verstehst, weiß ich bis heute nicht, nun sind wir 3 Jahre ein Paar und ich habe es mich manchmal gefragt, aber irgendwann ist mir durch Kleinigkeiten aufgefallen, dass du auf gar keinen Fall „ganz und gar nichts" von mir verstehst und das hat mir genügt.
"Besser als nichts", habe ich mir nicht gesagt, das sage ich auch heute nicht, ich weiß nicht genau, wie oft du dir das bereits über deine Beziehung zu mir gesagt hast, aber ich finde diesen Ausdruck, in Bezug auf unsere Beziehung, unwürdig.

Ein "Besser als nichts" gibt es immer und du bist besser für mich als das. Ich bin das auch für dich, ich fürchte allerdings, dass du das nicht immer so siehst, da deine Kategorien viel klarer waren, in deiner Vergangenheit. Ich passe nicht in deine bisher gelebten Kategorien, das macht mich für dich exotisch und spannend, aber meistens nicht kompatibel.

Was sind das für Tage im Leben eines Menschen, in denen ein Traum einen Schatten wirft, der eine einzige Frage stellt, auf die er keine Antwort kennt?

"Eine fehlt noch", habe ich zu dir gesagt und damit eine Story gemeint, eine Erzählung zu meinem, nun fast fertig geschriebenen, neuen Buch.
"Eine fehlt noch?", habe ich mich anschließend selbst gefragt und dann an den Traum gedacht, der mit bleiernen Schwingen meinen heutigen Tag zu einem besonderen macht, einem ungewollten, einem abzuschüttelnden, einem bohrenden, quälenden, ja, Herrgott, zum Teufel mit dieser Geschichte, die mir im neuen Kurzgeschichten-Buch tatsächlich noch fehlt und die ich - das zu denken weigere ich mich mit jeder Faser meines Seins - heute Nacht ärgerlicherweise geträumt zu haben scheine.

Ich meine, wir hatten mit Corona genug Scherereien, die wenigen Lesungen, die zu meiner

Erst-Veröffentlichung verlangt gewesen waren, funktionierten ausschließlich online über Zoom. Nein, ich beschwere mich nicht, ich wäre selbst im optimalen Fall kein Autor "zum Anfassen". Aber dieser Traum hat mit Corona so gar nichts zu tun gehabt, für diesen Traum war Corona weniger als Peanuts, denn ich träumte von einer ganz und gar untergegangenen Welt, in der nur ich noch am Leben gewesen bin. Ich rannte als dieser letzte Überlebende um mein Leben, wobei mir nicht klar war, wovor oder vor wem ich wegrannte, es waren einfach Eventualitäten, Überlegungen, die mich rennen ließen, atemlos, grausam unglücklich, im Nirgendwo einer Straße, die durch verkohlte Erde führte. Alles und alle lagen, standen, saßen verkohlt, schwarz und mausetot am Straßenrand, ich hörte nicht einmal Detonationen, doch ich wusste, sollte ich einem anderen Überlebenden begegnen, dann ginge es erst recht um Leben und Tod.

 Als ich aus diesem Traum heute Morgen erwachte, fand ich mich zunächst nicht mehr in meiner Realität zurecht, weil ich nicht genau wusste, was denn nun noch meine Realität sei. Hatte Putin seine Drohung wahr gemacht, eine kleine Atomrakete geschickt und meine Welt verschluckt? Oder hatte eine Naturgewalt gesagt, „Schluss mit diesen humans, Blitz und Donner zum Gefecht", um mit einem nächtlichen Dauerbeschießungsmanöver unsere

Welt zu verglühter Materie zu verwandeln, damit, außer mir, höchstens noch der einzelne Samen eines übrig gebliebenen Gänseblümchens neue Welten erschaffen dürfte?

Natürlich beruhigte ich mich rasch, trank den Kaffee aus meiner Guten-Morgen-Tasse mit Thomas-Mann-Konterfei, realisierte, dass ich mir den Tag freigehalten hatte, um meine letzte, die achte Short-Story, für das neue Buch zu konzipieren und verbrachte dann den Rest des Tages mit der, alles in allem aus dem Traum geborenen, bohrenden Frage:

"Wenn es das jetzt mit dir und deiner Welt gewesen wäre, was für einen Sinn hätte dann dein Leben für dich gehabt?"

Und nein, ich habe nun, am späteren Abend nach diesem Morgen, mit dem Traum im Gepäck, noch nicht den minimalen Anflug eines stimmigen Gedankens als Antwort auf diese, wahrlich indiskrete, Frage.

Ich stelle mir also in dieser, meiner letzten Geschichte, mich als den einzigen Überlebenden unserer - durch eine perfekt konstruierte Destruktion - urplötzlich vollkommen verschluckten Welt vor, die nun, verwandelt, als schwarze, verkohlte, abgestorbene Leere und Ödnis von mir allein bewohnt wird. Ich spüre dem Schrecken nach, der mich in meinem Traum zum getrieben Rennenden werden ließ, als warte ich darauf, dass auch ich nicht davonkäme, dass auch ich von dieser Monstrosität gekapert würde, verspeist in deren hohlen Zahn.

Ist es ein Aufatmen, wenn ich in dieser Story bemerke, irgendwann, dass ich scheinbar überleben darf, immer weiter atmen und spüren und fühlen kann, mich notdürftig ernährend aus verbliebenen, schlammigen Wasser-Löchern und in Haus-Ruinen auf mich wartenden, verbeulten Konservendosen. Ich stelle mir eine Welt vor, wie sie Cormac McCarthy (viel besser natürlich) in „The Road" beschrieben hat, nur dass sie ganz anders geartet ist, denn nirgends warten menschenfressende Mit-Überlebende in dunklen Kellern auf mich, noch halte ich meinen Sohn, den geliebten, an der Hand. In meiner Geschichte ist mein Herz pochend, schmerzend, zweifelnd verzweifelt und ohne jeden Halt.

Werde ich Schreie, wie die eines schwarzen Wolfs, in Richtung Mond aus mir herausschleudern, in wilder Wut und zerfleischendem Selbst-Mitleid? Oder werde ich mich laut, mit dem letzten vertrauten Stern am dunklen Himmel, in ein Zwiegespräch begeben, das nichts ist, als Illusion, geboren aus dem Wahnsinn meiner Selbstgespräche?

Was bliebe übrig von meiner, bis dahin gelebten, Existenz, was könnte noch meine Seele nähren, ohne die gewohnten Koordinaten eines Menschenlebens. Wir wussten von Anfang an, dass wir eines Tages sterben würden, doch wir wussten auch, dass vieles bleiben wird, auch von uns, unserer Lebenswirklichkeit, in den Erinnerungen anderer Menschen, in den Kindern, in unseren Büchern.

Würde ich in dieser Geschichte, in dieser einsamen Wüstenei, wie ein Verrückter nach Füllfederhalter und Papier suchen, um neue Geschichten zu erfinden oder um mein Leiden in eine Form zu gießen, in die Form meiner Sprache, mit Worten, die zu lyrischer Melodie fänden?

Würde ich schreiben, frage ich mich, das frage ich mich am heutigen Tag, der nun bereits dunkelt, an diesem Abend, dem eine hoffentlich traumlose Nacht folgen wird. Würde ich noch schreiben, wenn ich wüsste, dass das beschriebene Papier niemals mehr in andere Menschenhände finden würde und ungelesen, neben meiner Leiche und mit meiner Leiche, zu neuem Urgrund aus Schlamm zerfiele?

Schreibe ich denn, frage ich mich nun, um gelesen zu werden? Jahrzehnte meines Lebens hindurch habe ich geschrieben, ohne von mehr als zwei, drei Personen gelesen zu werden, einige meiner Texte sind ein Tabu, das ich niemandem preisgeben werde. Und doch war da, immer begleitend, diese Möglichkeit, diese flackernde Hoffnung auf Interesse, deren reine, unrealisierte Option fast schon genügte.

Dieses Glück, wobei mir der Begriff „Glück" viel zu oberflächlich erscheint, also sage ich besser „diese Erfüllung" dazu, die ich stets als Schreibender schreibend empfinde und empfunden habe, würde die sich einstellen, wenn ich tatsächlich wüsste, dass aller Text mit mir dahin sei? Oder ist die Hoffnung so stark in der Menschenseele verankert, dass ich, wenn ich mein Ende nahen fühlte, zitternd nach einer vergammelten Keksdose oder ähnlichem greifen würde, um darin meine gesammelten, gefalteten Schriften zu bergen, für den Fall, dass sie eines Tages von jungen Händen geöffnet würde?

Aber selbst, wenn ich mich mit dem Schreiben psychisch über Wasser halten könnte, in dieser Geschichte, würde ich denn nicht längst auch nach dir gerufen, nach dir gesucht haben, weil ich dich vermissen würde, weil du mir das Wichtigste bist, weil du zu mir gehörst?

Oder würde ich nach dir suchen, ganz vergeblich zunächst, um schließlich dich zu finden, dich, das Wunder, dich, die Andere, diesen einen Menschen, der mir nah ist und fern, vertraut und doch

mitreißend fremd, dich, mit der ich durch diese
dunkle Welt gehen könnte, im Schlender-Schritt,
verankert im Wissen, dass selbst im Untergang ein
Leben glüht?

„Eine fehlt noch", habe ich heute Morgen zu dir
gesagt. Ich habe von dieser Geschichte gesprochen.
Und doch sind es, wie so oft, diese falschen Töne
gewesen, in denen ich mit dir sprach, so wie alles
mit diesen falschen Tönen überzuckert scheint.
Es ist mir nicht genug. Eine fehlt noch!

Das Haus

Eine Frau und ein Mann in einem Haus.

„Das Haus hält mich fest!"

Das sagt er, wenn er gefragt wird. Das sagt sie, wenn sie gefragt wird. Die Frau und der Mann haben vor 25 Jahren geheiratet.

„Er war meine große Liebe!", sagt sie.

„Es ist meine Frau!", sagt er und zuckt mit den Schultern.

Die Frau zieht nicht aus dem Haus aus und sie wird auch nie daraus ausziehen. Hier wohnt ihr Leben, hier war sie schwanger, hier zog sie ihre Tochter groß. Er wird das Haus nie mehr verlassen. Wohin sollte er auch ziehen. Das hat er beschlossen, nachdem er den beschriebenen Zettel auf dem Küchentisch vorgefunden hat: „Mein Anwalt und ich bitten Dich, das Haus binnen dreier Monate zu verlassen. Ich werde Dir sofort Deine Hälfte des Hauses ausbezahlen!"
„Du störst mich nicht!", hat er als Antwort auf die Rückseite des Briefes geschrieben. Der Satz hat sie ins Mark verletzt.

„Du störst mich nicht!"

Nun, so hat sich die Frau anschließend geschworen, lässt sie sich von ihm nie mehr verletzen. „Ich habe den längeren Atem!", sagt sie sich Tag für Tag und sagt das auch zu ihrer Tochter. Die Tochter trifft sich abwechselnd mit der Mutter oder mit dem Vater in einem abseits vom Haus gelegenen Café in der Stadt. Die Tochter trifft sich immer seltener mit der Mutter:
„Ich verstehe nicht, wie Du so grausam zu ihm sein kannst!", sagt sie zur Mutter. Noch seltener allerdings trifft sich die Tochter mittlerweile mit dem Vater.
Sie erträgt es nicht, seiner „Verwahrlosung", wie sie es nennt, zuzuschauen.

„Wo nur noch Kälte wohnt", sagt die Frau mit erstaunter Stimme „da gibt es keine Grausamkeit!" Sie versucht nicht, sich der Tochter gegenüber zu rechtfertigen. Die Frau rechtfertigt sich nicht, weil sich das im Haus abspielt, was sich da abspielt. Es gibt kein Zurück, die Fronten haben sich erst verhärtet und sind dann zu einem neuen, gewohnten Leben geworden, das zu Eis erstarrt ist.

Die Frau hat vor der Heirat Germanistik studiert und der Mann Romanistik. Sie arbeiteten in der Volkshochschule als Fachbereichsleiter. Hier haben sie sich kennen und lieben gelernt. Die Frau ist noch immer von fragiler Statur, fein geschnittenes

Gesicht, sehr gepflegt, das blonde Haar streng aus dem Gesicht zum Zopf zurückgekämmt.

„Sie sieht aus wie eine Tänzerin", dachte er sich, als er sie zum ersten Mal gesehen hat. Er war eine weitaus kräftigere Erscheinung, vital, schwarzhaarig, charmant und ungestüm.

Die Anziehung zwischen den Beiden ist sofort sehr stark gewesen. Es tat für beide nichts zur Sache, dass die Frau zwölf Jahre älter ist. „Ich war die Ältere, die Schönere und die Reichere", sagt sie heute.

Noch immer hält sie ihren Rücken sehr gerade, etwas Nervöses und Zuckendes beherrscht immer wieder minutenlang ihre Mimik. Ansonsten ist sie eine schöne, ältere Frau, die noch immer auffällt, ohne viel Aufhebens um sich machen zu müssen.

Der Mann ist in den letzten fünf Jahren zunehmend abgemagert. Seine Haltung ist nicht mehr lässig, wie einst, sondern gebeugt. Sein Schritt ist meist schlurfend, stolpernd fast. Er trinkt immer mehr.

„Die ersten siebzehn Ehejahre waren gute Jahre!" Das sagt die Frau zu sich selbst, zu ihren Freunden und zu ihrer Tochter.

Die Frau hat nach drei Jahren ihren Beruf aufgegeben und sich um das Haus, die Tochter und den Mann gekümmert. Sie hat Klavier gespielt und ihrer Tochter selbst das Klavier spielen beigebracht.

Noch immer gibt sie ab und an Klavierunterricht. Wenn die Töne der Musik heute aus dem oberen Stockwerk, in dem sie wohnt, zu ihm herunterwehen, hat er sich meist mit einem Kasten Bier in seinem Zimmer eingeschlossen. Er hat die Angewohnheit entwickelt, jede einzelne leere Flasche in die Küche zurückzutragen. Da stehen sie aufgereiht auf dem Küchentisch, bis die Frau sie vor seine Zimmertür räumt, damit er sie zurück in den leeren Bierkasten stellen kann.

 Mittlerweile ist dieses Ritual der einzige Berührungspunkt zwischen den Beiden geworden. „Ich rege mich einfach nicht mehr über seine Rücksichtslosigkeit auf!", sagt sie. Er arbeitet noch immer in der Volkshochschule. Früher hat er gerne dort gearbeitet. Er hat sein Haus, seine Frau und seine Tochter geliebt.

„Dann ist er verrückt geworden und hat alles zerstört!", sagt sie. „Dann hatte ich alles satt und habe mich verliebt!", sagt er.

Seine Frau hat nicht sofort gemerkt, dass sie betrogen wird. Ihr ist nur aufgefallen, dass er länger in der Volkshochschule blieb, an einigen Wochenenden die Kurse persönlich inspizierte und öfter pfeifend mit offenem Hemd durchs Haus spazierte. Dann pflückte er für seine Frau Sträuße wilder Blumen und flüsterte ihr seine Liebe ins Ohr.

Sie dachte, ein leicht eingeschlafenes Glück sei zu ihnen zurückgekehrt.

Heute versteht die Frau nicht mehr, dass sie nicht sofort misstrauisch geworden ist. „Ich habe ihn nicht gekannt", sagt sie. Sie hatte sich sicher gefühlt in ihrer Liebe, in ihrer Familie, eingerahmt durch das Haus. Erst als er eines Tages mit einem Hut auf dem Kopf nach Hause kam, wusste sie Bescheid.
„Er kauft sich nicht alleine einen Hut!"

Der Gedanke durchfuhr sie als eine erschütternde Erkenntnis, die nicht mehr von ihrer Seite wich. Der Gedanke nahm ihr den Atem.
„In diesem Moment bin ich zum ersten Mal in meinem Leben gestorben", sagt sie heute manchmal zu ihrer Tochter. Die Tochter weigert sich stets, die Schilderung der Mutter, über deren etappenreiches Sterben, zu hören. „Er hat dich nicht getötet", sagt sie zu ihrer Mutter. „Du lebst und er tötet sich tagein, tagaus vor deinen Augen!"

Die Frau liebt ihre Tochter. Deshalb nickt sie am Ende dieser Gespräche. Die Frau weiß, dass die Tochter nicht verstehen kann, dass der Mann sie der Fähigkeit zum Mitleid beraubt hat. Die Frau versteht das alles selbst nicht. Sie weiß, dass der Mann leidet. Sie weiß, dass sie einst gelitten hat. Jetzt fühlt sie nicht mehr, was es heißt zu leiden. „Ich musste über eine Grenze hinausgehen", denkt sie oft „und auf einmal wurde alles kalt".

„Außer einem Staunen ist mir von meiner Ehe nichts geblieben", hat sie einmal an einen Freund geschrieben. Dieser Freund hatte gehofft, ihr eine Rettung sein zu können. „Wovor willst du mich retten?", hat die Frau ihn gefragt. Er hat diesen Satz nicht begriffen.

Als der Mann mit der schwarzen Melone auf dem Kopf nach Hause kam – später als morgens beim Frühstück freudestrahlend angekündigt – fiel der Frau ein Feuerzeug aus der Hand. Sie ließ es liegen. Kurz wurde sie von der Angst gewürgt, dass ein Laut in ihrer Kehle aufsteigen würde, der dem lang gezogenen Jaulen eines Hundes gleichen könnte. In diesem Moment also starb sie ihren ersten Tod. Der Mann nahm den Hut vom Kopf, drehte ihn in den Händen und zuckte mit den Schultern.

Sein Lächeln war noch schuldfrei, aber verlegen.

„Ich wollte immer genau diesen Hut!", sagte er.

„Lass uns Morgen darüber reden", erwiderte die Frau.

Dieser Satz war es, der den Mann verstummen ließ. Er wusste nun, dass seine Frau alles zu wissen schien. Der Mann kennt seine Frau. Er weiß ihre Nuancen zu deuten. An diesem Abend fühlte er zum ersten Mal seine Schuld, die in der Möglichkeit bestand, dass er seine Frau verletzen könnte. Die

Frau verbrachte diese Nacht im Gästezimmer. Sie erinnert sich heute nicht mehr daran, ob sie schlafen konnte oder ob sie wach gelegen ist. „Er ist in diesem Haus und nicht bei ihr!"

Das ist der einzige Gedanke gewesen, an den sie sich erinnern kann. Am kommenden Morgen haben die Beiden zunächst kein Wort gewechselt. Die Frau hatte noch den Frühstückstisch gedeckt. Sie hat das getan, weil sie es immer so getan hat, in diesem Haus. Die Frau hat sich dann mit ihrem Kaffee erneut in das Gästezimmer zurückgezogen. Bevor der Mann zur Arbeit gegangen ist, hat er an ihrer Tür geklopft. „Wir reden später", hat sie durch die geschlossene Tür zu ihm gesagt. Der Mann hat ihre Stimme kaum erkannt. „Es ist nicht, wie Du jetzt denkst", hat er geantwortet und mit dem Handballen an die Tür geschlagen.
„Als wäre er es, der wütend sein dürfe", berichtete die Frau später über diesen Moment. Dann ist der Mann zu seinem Büro gefahren. Den Hut hat er an der Garderobe hängen lassen. „Das Etikett in dem Hut ist mir nicht bekannt gewesen", hat die Frau später zu ihrer Tochter gesagt. „Er hat mir nie erzählt, dass er so einen Hut möchte".

An diesem Tag hat sie die Fenster geputzt, das Bad geschrubbt und die Bettwäsche gewechselt. Sie ist zum „Großkauf" gefahren und hat die

Vorratskammer gefüllt. Die Tochter hat zu dieser Zeit ein Austauschjahr in London verlebt.

„Das ist das Glück im Unglück gewesen", sagt die Frau noch heute zu ihrer Tochter. Der Mann ist pünktlich nach Hause gekommen. Der Schlüssel ist ihm aus der Hand gefallen, als er die Haustür aufschließen wollte. Als die Frau gehört hat, dass ihr Mann nach Hause kommt, ist sie zur Tür gelaufen und hat sie geöffnet. „Er hat so erschreckend fremd ausgesehen", sagte sie später zu einer Freundin. Der Mann hat seine Frau zur Seite geschoben und sich an ihr vorbeigedrückt. Er ist im Mantel in das Wohnzimmer gelaufen. Da hat er auf der Couch gesessen. Sein Oberkörper hat gezuckt, die Hände hatte er vor das Gesicht geschlagen. Die Frau konnte nicht erkennen, ob er weint oder vor Schmerzen schreien möchte. „Er hat mich so sehr erschreckt", sagt sie heute.
Die Frau hat einen Tee vor ihn hingestellt. Sie hat sich auf den Sessel ihm gegenübergesetzt.
Sie hat ihm zugesehen und sich dann zusammengerissen.

„Erkläre mir bitte, was in dir vorgeht", hat sie den Mann gefragt. Der Mann hat mit dem Kopf geschüttelt. Als er die Hände vom Gesicht weggenommen hat, war diese Leere in seinem Gesicht. Die Frau hatte diese Leere noch nie zuvor an ihm wahrgenommen. „Sag Du mir, was in dich gefahren ist", sagte er zu der Frau. „Das ist seine Taktik gewesen", hat die Frau später berichtet. „Er hat einfach den Spieß umgedreht und versucht, alle Verantwortung von sich zu weisen". Sie ist aufgestanden und zur Garderobe gelaufen und kam mit dem Hut zurück.

„Ach, der Hut?", lächelte er. Sein Lächeln versickerte in seinem bleichen, angespannten Gesicht.
„Ja, der Hut", sagte die Frau. „Der Hut und Sie!"
Der Mann sah in den Augen seiner Frau den Ernst. Er hat nur zögerlich angefangen zu berichten. Es sei „nichts Wichtiges…..Herrgott, ja, eine Affäre,….nach all den Jahren,…..bis dahin war ich Dir immer treu,…versteh doch…!" und die Frau hat zugehört. Die Frau hatte ihre Hände gefaltet vor sich auf den Tisch gelegt. Ihre Haltung war ihm zugeneigt, sie schaute abwechselnd in sein Gesicht und auf ihre Hände. Manchmal verkrampften sich die Hände so stark ineinander, dass die Fingerknöchel blauweiß angelaufen sind.
"Wie alt ist sie?" Sie stellte diese Frage in einer kurzen Pause seiner Schilderung eines hübschen, sexuellen Abenteuers ohne Bedeutung für ihn und seine Ehe. Er sagte, dass das nichts zur Sache täte. Sie beugte den Oberkörper so stark nach vorne, dass ihr Kopf fast auf den verschlungenen Händen zum Ruhen kam. Der Mann hat gewusst, dass seine Frau

nicht Ruhe geben würde, bis sie dieses Detail erfahren hatte. Er wusste auch, dass sie spüren würde, wenn er ihr nicht die Wahrheit sagte. "Sie ist fünfundzwanzig", antwortete er. Sein Ton ist beiläufig gewesen. Die Frau ist von ihrem Sitz hochgesprungen und hat ihm eine Ohrfeige gegeben. "Du ekelst mich", hat sie in sein Ohr geschrien und das Teeglas mit der rechten Hand vom Tisch gefegt. Als es aufschlug, gab es einen klirrenden Ton von sich. Beide schienen gleichzeitig zu erwachen, als hätten sie die Szene, die vorhergegangen war, nur in einem Film miterlebt. Die Frau ist in die Küche gelaufen und hat einen kleinen Besen und eine Schaufel geholt und sich niedergekniet und die Scherben beseitigt. "Das macht doch wirklich nichts", hat er gesagt.

"Das macht doch nichts", und diese Worte immer und immer wiederholt, als seien sie ein Mantra. "Nein, es ist nicht so schlimm", hat sie gesagt, "ich hab´s gleich wieder". Am nächsten Tag hat sie darüber nachgedacht, dass die zerbrochene Tasse noch aus ihrem Elternhaus gestammt hat. "Auch das noch", hat sie gestöhnt. "Auch das noch!" Doch zuvor und nach der Ohrfeige wurde nur noch das Notwendigste gesprochen. „Wir sind wie lauernde Katzen umeinander geschlichen, aber wir sind höflich zueinander gewesen", hat die Frau später zu ihrer Tochter gesagt. „Das waren noch Zeiten", denkt sie heute. „Das waren noch Zeiten jenseits der Hölle!"

Die Frau hat in den folgenden Nächten, nach dem Geständnis Ihres Mannes, im Gästezimmer geschlafen. Sie hat ihn nicht berührt und sie ist auch vom Mann nicht berührt worden. Am fünften Tag haben einmal die Finger des Mannes zufällig über die Handfläche der Frau gestrichen, als sie gemeinsam, schweigend und höflich, den Abendbrottisch gedeckt haben. Die Frau hat sofort die Hand weggezogen. Er hatte seither Morgen für Morgen den Hut an der Garderobe hängen lassen. Er ist Abend für Abend pünktlich nach Hause gekommen. Er hat in keiner Nacht an der Tür der Frau geklopft.

„Er ist in jener Zeit brav gewesen und ich habe das mit Höflichkeit erwidert", sagt die Frau heute. Als der Mann spürte, dass die Frau ihm bei seiner leichten Berührung die Hand fortgenommen hat, wurde er wütend. „Du leidest nicht!", hat er zu ihr gesagt. „Ich bin derjenige, der leidet!" Die Frau hat ihn angesehen. Sein Blick war ernst und ohne Hohn. Die Frau hat sich hinsetzen müssen. „Was erwartest Du von mir?", hat sie ihn gefragt.

„Willst Du Verständnis?" Die Frau fing nun an, in sich hineinzukichern und bedeckte die Augen mit den

Händen. Und er hat angewidert „Ja!" gesagt. Und sie hat gesagt: „Nein!"

„Dann eben nicht!", hat der Mann gebrüllt. Er ist zur Garderobe gelaufen und hat den Hut genommen. Die Frau hat gehört, wie die Haustür zugeschlagen wurde und der Mann mit dem Auto davongerast ist. „Dann eben nicht!", hat die Frau gedacht. „In mir ist alles ganz still gewesen", hat sie später zu ihrer Tochter gesagt. Die Frau ist in das Badezimmer gegangen. Sie hat sich vor den Spiegel gestellt. Sie hat sich mit Wattepads das Gesicht abgeschminkt. Sie hat sich dabei beobachtet und sich prüfend in die Augen gesehen. „Auch gut!", hat sie zu sich gesagt. Dann hat sich die Frau an die weißen Kacheln der Wand gelehnt und ist langsam in die Hocke gegangen. „Er ist jetzt mit ihr", hat sie sich gesagt und gewartet, was sie bei diesem Gedanken wohl fühlt. Die Frau ist nach einer Weile der Erstarrung wieder aufgestanden, sie hat sich die Badewanne gefüllt und hat sich ein Bad genommen.
„Ein albernes, kleines Lied hat in mir gesungen", erinnert sie sich noch heute. „Voulez vous coucher avec moi!"

Die Frau ist in der Badewanne gelegen und hat das Lied vor sich hin gesummt. Dann ist sie aus der Wanne gestiegen und hat sich den Bademantel angezogen. Sie ist ins Untergeschoss des Hauses in ihr neues Rückzugszimmer gegangen. Dort hat sie hinter sich die Zimmertür abgeschlossen. Sie hat sich an die Tür gelehnt und ist erneut an der Tür hinuntergerutscht und in sich zusammengesunken.

„Ich bin erst eine Ewigkeit später in mein Bett gekrochen", hat sie später ihrer Tochter berichtet. Die Frau weiß heute nicht mehr, ob sie in jener Nacht geschlafen hat oder ob sie wach gelegen ist oder ob sie weiter dieses Lied vor sich her gesummt hat. In jener Nacht also ist die Frau zum zweiten Mal gestorben.

Am nächsten Morgen hat die Frau ein weiteres Mal den Frühstückstisch wie ein Automat gedeckt. Sie hat die Kaffeemaschine angestellt. Sie hat zwei Gedecke aus der Vitrine genommen. Dann hat sie sich einen Kaffee eingeschenkt und eine Zigarette angezündet. Die Frau hat auf die Uhr gesehen. Sie hat sich noch eine Zigarette angezündet. Dann hat sie das Gedeck, das für den Mann bestimmt gewesen ist, wieder zurückgestellt. Danach ist die Frau ins Bad gegangen. Sie hat geduscht. Sie hat sich geschminkt. Sie hat sich mit Bedacht gut angezogen.

„Ich träume das alles nur", hat sie gedacht.

„Irgendwie ist der Tag vergangen", hat die Frau später zu einer Freundin gesagt. „Ich habe viel gelesen und ich habe viel Fernsehen gesehen". Die

Frau hat gewartet. Der Mann ist am Abend mit Verspätung in das Haus gekommen. Den Hut hat er nicht auf dem Kopf getragen und er hat ihn auch nicht verlegen in den Händen gedreht. Der Mann ist ohne den Hut nach Hause gekommen. Die Frau hat auf der Couch gesessen und ein Buch gelesen. Sie hat zur Begrüßung nicht den Kopf gehoben. Der Mann ist sofort, noch im Mantel, zu der Frau ins Wohnzimmer gelaufen. „Ich komme gleich zu Dir", hat er gesagt. „Ich will erst duschen!" Dann ist er die Treppe hinauf ins Bad gelaufen.

„Ich weiß bis heute nicht", hat die Frau später einem Freund erzählt, „ob er mich mit diesem Satz provozieren wollte, oder ob ich es als Höflichkeit verstehen sollte".

Als der Mann zu seiner Frau zurückgekommen ist, hat er über das ganze Gesicht gestrahlt. Die Frau hat nur kurz die Augen gehoben. Dann hat sie weiter in ihrem Buch gelesen.
„Du siehst glücklich aus", hat sie zu ihm gesagt.
„War es schön für Dich?"
„Ich liebe Dich", hat der Mann gesagt.
„Ich liebe Dich!"
Die Frau hat das Buch zugeklappt. „Danke" hat sie gesagt, „meine Nacht war auch entzückend!"
Der Mann hat seine Frau angeschaut. Sein Blick ist auf ihrem Hals gelegen, hat ihre Augen gestreift und

blieb an ihren Händen kleben. Die Frau hat die
Hände aus seinem Blickfeld gezogen, sich an den
Hals gefasst und über das Haar gestrichen. Dann hat
der Mann angefangen zu weinen. Zuerst war es nur
eine Träne, die über seine Wange lief. Dann begann
das ganze Gesicht zu zucken, als habe er
epileptische Krämpfe.
„Ich liebe Dich", hörte sie ihn stereotyp sagen.
„Ich liebe Dich!"
„Hör auf", flüsterte die Frau. Zuerst ist ihre Stimme
erstaunt und leise gewesen und dann immer lauter
und immer noch lauter „Hör doch einfach auf!
Hör auf dir etwas vorzumachen" schrie sie weiter.
„Wenn du mich liebst, dann schlafe nicht mit dieser
Nutte".
Der Mann ist ruhiger geworden. Seine Augen hielt er
nun geschlossen.
„Wenn ich mit ihr schlafe", hat er gesagt, „schlafe
ich auch mit Dir".
„Oh" sagte die Frau, „wie schön!"

Dann ist die Frau aufgestanden und in ihr
Zimmer   gegangen. Sie hat sich bekleidet auf ihr
Bett fallen gelassen. Sie hat sich gestreichelt und sie
hat seinen Namen geflüstert und sie hat sich
erinnert.

„Oh nein", hat sie gedacht. „Oh nein, wir schlafen
nicht zu dritt!"

Der Mann hat noch im Zimmer gesessen. Er hat sich einen Cognac eingeschenkt. Er hat auf dem Handy eine SMS empfangen. Er hat die SMS erwidert. Er hat sich noch einen Cognac eingeschenkt. Und dann noch einen. Dann hat er an die Tür seiner Frau geklopft. Als sie keine Antwort gegeben hat, hat er versucht, gegen die Tür zu treten.

„Du bist meine Frau", hat er bei jedem Tritt gesagt. Als er von der Tür zurückweichen musste, vor Erschöpfung und plötzlicher Mutlosigkeit, da sprang die Tür einen Spalt weit auf.

„Oh", flüsterte der Mann. Er war zu diesem Zeitpunkt sehr angetrunken. „Oh, sie ist offen". Er stieß die Tür auf. Der Mann sah seine Frau lachend und glucksend auf dem Bett liegen und sich vor Vergnügen winden.

„Ich dachte, nun bin ich verrückt geworden", sagte sie. Die Nacht ist für den Mann und die Frau lang geworden. „Feuchte, verknotete, glückliche Körper mit Seelen darin!"

So hätte der Mann diese Liebesnacht in früheren Tagen der Frau am Frühstückstisch noch einmal aufs Brot geschmiert. Und sie hätte dazu ihr unbestimmtes Lächeln gelächelt.

An diesem Morgen ist die Frau als erste wach geworden. Sie hat sich aus der Umklammerung ihres

Mannes gelöst und ist hinauf ins Bad gegangen. Sie hat sich prüfend in die Augen geschaut.

„Ich habe schrecklich ausgesehen", hat sie später einer Freundin erzählt.

Aber diesen Satz hat sie mit einem mädchenhaften Kichern begleitet. An diesem Morgen war sie voll von der Liebe zu ihrem Mann.

„Und voll von meinem Triumph".
So schrieb sie in ihr Tagebuch. Der Mann und die Frau haben gemeinsam den Frühstückstisch gedeckt und wechselseitig das Brot bestrichen und den Kaffee eingeschenkt. Dann hat der Mann gefragt, ob er sich für einen Tag vom Job krankmelden solle.

„Oh Nein", hat sie gesagt, „wir reden später".

„Natürlich", hat er geantwortet. Er ist ins Bad gegangen, er hat geduscht, er hat seiner Frau einen Kuss gegeben und er ist wie jeden Morgen zur Arbeit gegangen.

„Ich habe versucht, mich den Tag über zu sortieren", hat die Frau später zu ihrer Tochter gesagt. Die Frau hat überlegt, wie eine Frau in dieser Situation vorgehen solle.

„Ich muss ihn vor die Wahl stellen", hat sie zu sich gesagt und versucht bis zum Abend standhaft zu bleiben.

Ihr Mann hatte am Abend Konzertkarten in der Hand. Er hat seine Frau leidenschaftlich auf den Mund geküsst. Die Frau ist errötet und hat den Kopf weggedreht.

„Wir müssen reden", hat sie ihn gebeten.
„Ich habe heute nachgedacht".
„Natürlich", hat der Mann gemurmelt. Er ist im Bad verschwunden und erst nach einiger Zeit blass und übermüdet wirkend, zu seiner Frau ins Wohnzimmer gekommen. „Natürlich, meine Liebe", hat er zu ihr gesagt.

„Es ist ab heute vorbei mit dieser anderen Frau", hat sie gesagt. „Ja, es ist vorbei", hat er gesagt. „Es ist vorbei!" „Hast Du es ihr gesagt?", hat sie gefragt. Der Mann hat genickt.

„Ich habe ihr auf ihre SMS heute nicht mehr geantwortet", hat er gesagt.

„Du sagst es ihr Morgen oder Du rufst Sie heute noch an", hat die Frau gesagt.

„Ja, ich rufe sie an", hat der Mann gesagt. Dann hat er einen Champagner aus dem Kühlschrank geholt, zwei Gläser eingeschenkt und seiner Frau mit seinem Glas zugeprostet.

„Du rufst sie sofort an", hat die Frau zu dem Mann gesagt.

„Ja", hat er gesagt. „Ja!"

Der Mann ist auf den Flur hinausgegangen und die Frau hat ihn leise und eindringlich sprechen hören.

„Es macht doch keinen Sinn", hat sie ihn sagen hören, ich werde meine Familie nie aufgeben", und all die Sätze, die ein verheirateter Mann einer Geliebten in einem mittelmäßigen Fernsehfilm zu sagen pflegt.

„Ich habe seiner Entscheidung nicht geglaubt", hat die Frau gesagt. „Aber ich habe gewusst, dass er uns nicht verlieren will".

Als der Mann zu der Frau ins Wohnzimmer gekommen ist, hat sie ihn prüfend angesehen. Der Mann hat mit den Schultern gezuckt

„Es ist vorbei!", hat der Mann gesagt.

„Es muss vorbei sein!", hat seine Frau gesagt.

„Ich bin da!", hat der Mann gesagt.

„Dann sei bei mir", hat seine Frau geantwortet. Sie hat ihm auf die Stirn getippt und mit dem Zeigefinger sein Herz umkreist.

„Da drin sei nur bei mir! Hörst Du?"

Der Mann hat ein wenig verlegen gelächelt. Die Frau hat sich auf die Couch fallen lassen. Sie hat die

Hände vor das Gesicht geschlagen. Die Frau hat angefangen zu weinen und mit den Fäusten schlug sie abwechselnd auf die Armlehne und auf ein Kissen. Der Mann stand regungslos vor seiner Frau. Er stand wie erstarrt und hat sich gewundert, dass er nichts bei diesem Anblick zu fühlen wusste. Der Mann hat gewartet, bis seine Frau müde wurde und nur noch von einem leisen Weinen in den Schlaf getragen wurde. Dann hat er vorsichtig seine Arme unter ihren Körper gleiten lassen, sie an sich gepresst und die Treppe hochgetragen. Im gemeinsamen Schlafzimmer hat er sie angezogen aufs Bett gelegt und sich an sie geschmiegt und ihre Hand gehalten. So hat ein neuer Tag begonnen.

„Im Großen und Ganzen haben wir unsere Ehe so weitergeführt, wie es uns zur Gewohnheit geworden war!"

Das hat die Frau in ihr Tagebuch geschrieben.

„Nur dass die Sicherheit und Selbstverständlichkeit in ein beängstigend trügerisches Licht getaucht war".

Hin und wieder hat der Mann mit der Frau über seine Zeit mit der jungen Frau berichtet. Er ist bedacht gewesen, ihr dabei in die Augen zu schauen. Er hat das nur ungefragt und freiwillig getan. Wenn die Frau ihn in der Folgezeit nach seinen Beweggründen gefragt hat, scheu und zögerlich, hat der Mann die Frau in den Arm genommen oder er hat sie geküsst oder er hat sie gestreichelt. Er hat dann stereotyp „es tut mir leid" gemurmelt. Die Frau hat bald gewusst, dass er nur freiwillig reden wird und eigentlich hat sie nicht viel von „diesem Flittchen" hören wollen. Sie hat in der Anfangszeit des Neubeginns sein Handy kontrolliert - heimlich natürlich - und sie hat ihn häufiger als in der Zeit vor dieser Krise im Büro angerufen. Die Frau hat dann gefragt, wann er nach Hause kommt und sie hat seinen Stundenplan überprüft, um seinen tatsächlichen Dienstschluss recherchieren zu können.

Der Mann ist in den folgenden Monaten stets pünktlich in sein Haus zurückgekehrt. Er hat der Frau kleine Geschenke mitgebracht und er hat versucht, sie wie früher mit kleinen Slapsticks zum Lachen zu bringen. Der Mann hat seiner Frau das Gefühl vermittelt, nur sie zu lieben. Er hat das Handy achtlos auf seinem Schreibtisch liegen lassen. Er hat ignoriert, wenn er die Frau in den Taschen seines Mantels nach etwas suchen sah. Der Mann hat das Misstrauen seiner Frau mit Geduld, als Konsequenz seines Leichtsinns, hingenommen. Nach einem halben Jahr ist die Normalität in die Ehe zurückgekehrt.

Nach einem Dreivierteljahr ist die Frau zum dritten Mal gestorben.

„Als ich meinen Mann lachend und Arm in Arm mit dieser jungen, brünetten Frau gesehen habe, ist meine Ehe zersprungen wie meine Seele", hat sie später an einen Freund geschrieben.

Die Frau hat ihrer Tochter gesagt, immer und immer wieder, dass „es ein sonniger Mittwoch gewesen ist, an dem ich für meinen Mann einen Anzug in die Reinigung gebracht habe".

Die Frau ist also mit dem Auto in eine Einkaufsstraße gefahren, in der sie auch noch den Frisör besucht hat. Sie hat sich noch hellere Strähnchen einfärben lassen und die Haare mit einer leichten Dauerwelle zu üppig aufspringenden Locken verwandeln lassen.

„Ich bin sehr gut gelaunt gewesen an diesem Tag", hat sie später ihrer Freundin erzählt. Die Frau ist also von dem Frisör direkt zu einer Reinigung auf der anderen Straßenseite gelaufen und als sie dabei war, die Straße zu überqueren, hat sie ihren Mann gesehen. Die Frau ist sofort wieder auf die andere Straßenseite zurückgekehrt.

„Gott sei Dank ist da gerade kein Auto gefahren", hat sie zu ihrer Tochter später gesagt. Dann stand sie starr vor ihrem Frisörladen und hat den Mann lachend eine andere Frau auf den Nacken küssen

gesehen. Dann hat sie ihn aus den Augen verloren. Die Frau hat ihren Wagenschlüssel gesucht und sie hat ihn nicht gefunden. Die Frau hat mit dem Handy eine Taxi-Nummer gewählt und niemand ist rangegangen. Die Frau hat die Hand gehoben und in ihre Locken gegriffen und ein Taxi ist stehen geblieben.
Die Frau hat gesagt: „Fahren Sie bitte immer geradeaus ", denn der Name der Straße des Hauses ist ihr nicht eingefallen. Die Frau hat eine Freundin angerufen und gefragt, wo sie wohne und die Freundin hat es dem Taxifahrer gesagt. Die Frau ist in ihrem Haus, noch im Flur, zusammengebrochen.

Als sie erwacht ist, hat sie sich am Boden entlang zum Kühlschrank in die Küche gerobbt und an der Milch getrunken, wie eine Verhungernde. Sie hat sich vor den Kühlschrank gelegt und gewartet, bis der Schwindel im Kopf nachlässt. Dann ist sie mit unsicherem Gang in das Gästezimmer gegangen.

„Ich hab mich ins Zimmer gehangelt, immer an der Wand lang", hat sie einer Freundin später hysterisch lachend gesagt und hat sich dann auf das Bett fallen lassen.

Die Frau hat an diesem Tag nicht auf ihren Mann gewartet. Sie ist in einen tiefen Schlaf gefallen. Als der Mann am Abend in das Haus gekommen ist, hat er nicht sofort gemerkt, dass etwas anders war, als all die Abende zuvor. Er hat erwartet, dass der Esstisch bereits gedeckt worden ist und dass ihn der Duft des Abendessens aus der Küche begrüßen würde. Da kein Geruch ihm verriet, welches Essen auf dem Tisch stehen würde, nachdem er sich aus dem Mantel geschält und die Hände im Bad gewaschen und das Haar einmal durchgekämmt hätte, wie es jeden Abend sein Ritual gewesen ist, deshalb trieb es ihn diesmal noch im Mantel in die Küche hinein. In der Tür stehend wunderte er sich, weil nichts im Entferntesten an ein Abendessen erinnerte und weil er sah, dass die Tür des Kühlschrankes offenstand und davor verschüttete Milch ein weißes Wasser gebildet hatte. Der Mann erstarrte, atmete schwer und riss sich den Mantelkragen auf, um besser atmen zu können. Im mittlerweile offenstehenden Mantel konnte er sich noch immer nicht aufraffen, wohin ihn als nächstes seine Schritte tragen sollten, um die Lage tatsächlich zu übersehen. Er starrte in die Milch-Lache und überdachte die Situation. Er hatte keinen Fehler gemacht, so schien es ihm und dennoch war ihm klar, dass seine Frau hier und in diesem Moment ein Signal gesetzt hatte.

Langsam ging er zum Kühlschrank und schloss die Tür. Dann wischte er mit einem, in seiner Manteltasche befindlichen, Taschentuch die Milch penibel vom Boden. Das Taschentuch hat er dann zusammengefaltet und zurück in die Manteltasche gesteckt. Dann hat er sich mit der Hand den Schweiß von der Stirn gewischt und ist in den Flur zurückgelaufen. Der Mann ist fast zurück auf Start an die Haustür gegangen, als wolle er darauf warten, dass nun ein sanfter Essensgeruch seine Nase umschmeicheln könnte, jetzt, wo er in der Küche die Spuren verwischt hatte. Er hat sehr langsam und betont ordentlich seinen Mantel an die Garderobe gehängt und dann hat er betont liebevoll den Namen seiner Frau gerufen. Da dem Mann keiner geantwortet hat, ist er zunächst zum Wohnzimmer gelaufen und als er seine Frau da nicht wie erwartet sitzen sah, beschleunigte er seine Schritte, rief ihren Namen noch lauter und blieb schwer atmend vor dem Gästezimmer stehen. Seine Hand hat gezittert, als er die Klinke der Tür heruntergedrückt hat. Dann stand der Mann schwer atmend in der Tür zum Gästezimmer und seine Frau lag derweil schwer atmend auf dem Gästebett.

„Geht es Dir schlecht?", hat der Mann seine Frau gefragt und sich über ihr Gesicht gebeugt. Die Frau hat da gelegen wie eine Tote, ihre Hände lagen verkrampft auf dem Bauch verknotet, ihr Gesicht glich einer Maske und der Mund war leicht geöffnet. Der Mann schauderte zurück. Er dachte daran, wie er noch vor wenigen Stunden das Gesicht eines lebendigen, prallen Lebens in seiner Hand gespürt hatte.

Und er dachte auch, wie angenehm es vielleicht sein könnte, wenn hier eine Tote liegen würde, die ihn nicht seiner Schuld anklagen könnte. Und der Mann dachte auch, dass er im Weiteren wohl am Tod seiner Frau schuldig wäre. Der Mann dachte in wenigen Sekunden sehr viel und die Frau schlug mit einem Mal die Augen auf. Die Frau blickte ihrem Mann ins Gesicht und der Mann sah, dass diese Augen wussten, was er in dem jungen Gesicht gesehen hatte. Der Mann sah in die Augen seiner Frau und wusste wie jedes Mal, wenn er sie sah, dass nur sie seine Frau sein könne. Die Frau aber schloss ihre Augen sofort wieder und sagte:

„Ich will dich nicht sehen!"

Diesen Satz sagte sie wie ein junges Mädchen, das auf Drogen ist. Der Mann hat mit den Schultern gezuckt und das Zimmer verlassen. Die Frau hat sich ihrem Mann an diesem Abend nicht mehr gezeigt. Er hat in der Küche nach einer Dose mit Gulaschsuppe gesucht und sie erhitzt und seine Frau hat sich in ihrem neuen Zimmer eingeschlossen.

„Das Zimmer ist nur vorübergehend mein Domizil gewesen", hat Sie später einer Freundin gegenüber betont.

„Heute ist es das Zimmer meines Mannes".
In dieser Nacht allerdings hat es Ihr zum letzten Mal
die Tür zum Schutz geboten.

Der Schutz wäre nicht notwendig gewesen. Der
Mann hat im Wohnzimmer gesessen und einen
Cognac nach dem Nächsten getrunken.

Er ist nicht vom Sofa aufgestanden, um an der Tür
der Frau zu klopfen. Der Mann hat in dieser Nacht
keine Freude an den Frauen gehabt. Er hatte
vielmehr mit jedem Schluck, den er von seinem
Cognac nahm, das Gefühl, dass er als Mann auf
weiter Flur allein sein Leben zu bestehen habe. Dass
ein Mann immer allein seien würde, mit sich und
seiner Seele, weil die Frauen nur ein Interesse hinter
Ihrer Stirn verbergen würden: Ihn einfangen zu
wollen und in ewiger Unfreiheit, ohne Rücksicht auf
seine wahren Bedürfnisse, auslutschen zu wollen.

In dieser Nacht lag die Frau also in ihre Kissen
gepresst, kaum atmend und immerfort auf eventuell
sich nähernde Schritte Ihres Mannes lauschend. Und
der Mann lag irgendwann laut schnarchend auf dem
Wohnzimmersofa. Als der Morgen die beiden
weckte, wussten sie beide auf unbestimmte Weise,
dass ein Kapitel ihres Lebens unwiederbringlich
vorbeigegangen sei, wie die nicht geträumten
Träume jener Nacht.

Die Frau hat an diesem Morgen nicht den Frühstückstisch gedeckt und kein Kaffeeduft hat den Mann an diesem Morgen begrüßt. Der Mann ist von seiner Frau nicht pünktlich zum Aufstehen wach geküsst worden und er hat sich nicht rechtzeitig ein Butterbrot schmieren können. Der Mann ist an diesem Morgen unrasiert und zu spät zur Arbeit gekommen.

Die Frau hat bis zum Mittag auf ihrem Bett gelegen. Dann ist sie in ihrem Morgenmantel durch das Haus gelaufen und hat das Bettzeug des Ehebettes nach unten ins Gästezimmer getragen und das Bettzeug des Gästebettes ins Schlafzimmer in der oberen Etage.

„Die Zimmer werden jetzt getauscht", hat sie dabei gedacht und sie hat sich an diesem Gedanken festgehalten, wie zuvor am Zipfel eines Kopfkissens. Dann war es auch schon wieder Abend und die Frau hat sich im Badezimmer eingeschlossen und entsetzt ihr Gesicht mit den Fingerkuppen betastet.

„Alles in meinem Gesicht sieht zerrissen aus", hat sie später in ihrem Tagebuch notiert.

Als der Mann am Abend nach Hause gekommen ist - und er ist an diesem Tag betont pünktlich nach Hause gekommen - hat er einen Zettel auf dem Küchentisch vorgefunden:

„Ich bewohne die obere Etage, geh mir aus dem Weg, ich denke nach!"

Der Mann hat ein „O.K." unter den Text gesetzt und sich kampflos und schulterzuckend dem Willen seiner Frau angepasst.

Er ist auch manchmal gar nicht mehr nach dem Büro in sein Haus zurückgekehrt. Seine Frau hat in der Zwischenzeit viel und lange geschlafen und das Gefühl gehabt, in einem ewigen Nebel gefangen zu sein. Am zehnten Tag fühlte Sie einen schier unerträglichen Schmerz in ihrer Brust und wankte ins Badezimmer. Sie hat sich kaltes Wasser übers Gesicht laufen lassen. Sie hat dann ihre Fingerknöchel zur Faust geballt, dreimal an die weißen Kacheln geschlagen, mit einer Gewalt, die sie selbst erschreckt hat. Dann ist sie in die Hocke gegangen und die Knöchel sind mit ihrem Gewicht, an der Kachelwand entlang schrubbend, nach unten zum Boden gefolgt. Die Frau hat einen, unendlich in die Länge gezogenen, Schrei von sich gegeben und dann gewimmert. Als sie sich wieder erheben konnte, hat sie angefangen zu weinen. In den nächsten Tagen also hat die Frau geweint. Am zehnten Tag, nach diesem Zusammenbruch, hat die Frau ihren Anwalt kontaktiert.

Also hat der Mann nun den anderen Zettel auf dem Küchentisch vorgefunden, auf dem stand, dass es erwünscht sei, dass er auszieht.

Der Mann hat mit den Schultern gezuckt und gesagt, „du störst mich nicht!"

Im Übrigen hat die Frau ihren Mann gut gekannt. Sie wusste, dass er sich nicht von dem Haus und von ihr und von seinem Leben darin verabschieden würde.

„Das ist mein Instinkt für meinen Mann gewesen", hat sie später ihrer Tochter gesagt.

Der Mann hat zu diesem Zeitpunkt jede Rücksichtnahme auf die Gefühle seiner Frau fahren lassen. Er ist gekommen und gegangen, wie er gewollt hat, und einmal hat er seine junge Freundin ins Haus gebracht. Die Frau hat sogar in der oberen Etage Gelächter gehört und das Klirren von Flaschen. Sie hat am nächsten Morgen ein Damenhöschen im Besucher-WC in der unteren Etage gefunden.

Die Frau hat es gewaschen und gebügelt auf den Küchentisch gelegt. Dazu hat sie einen Zettel an das Höschen gepiekt, auf dem „Herzlich Willkommen" stand.

„Ich weiß selbst nicht, was da in mich gefahren war", hat sie später einer Freundin erzählt. „Ich habe diese Personen in der unteren Etage so unendlich verachtet, und ich wollte, dass sie es wissen".

So ähnlich ging es über ein dreiviertel Jahr hindurch weiter und dann begann das letzte Kapitel der Ehe.

Der Mann ist eines Abends pünktlich von der Arbeit gekommen. Er hat seinen verbeulten Hut an die Garderobe gehängt und dort nie mehr heruntergenommen. Er hatte eine Tüte im Arm, die bei jeder Bewegung geklirrt hat. Mit dieser Tüte hat er sich in die Küche gesetzt und den gesamten Abend über getrunken. Am nächsten Tag standen die leeren Bierflaschen und andere Spirituosen, für die Frau sichtbar, in der Küche verteilt. Der Mann hat sich in der Volkshochschule krankgemeldet und sich in seinem Zimmer eingeschlossen. Die Frau hat die Flaschen entsorgt.

Die Frau wusste, dass der Mann nun immer pünktlich nach Hause kommen würde. Die Frau hat nichts gespürt, außer einer unendlichen Kälte.

„Wer das spürt, der weiß, dass er über eine Grenze gegangen ist, von der er niemals zurückkommen kann".

Das hat die Frau einem Freund erzählt, der sie einmal hatte retten wollte.

„Nun ist es soweit", hat die Frau in ihrer Seele gespürt.

Der Mann hat sich indessen drei Abende hindurch betrunken. Dann hat er sich geduscht und rasiert und frisch eingekleidet. Er hat in der Küche gesessen, einen Kaffee nach dem Anderen getrunken und auf seine Frau gewartet.

Die Frau ist um die Mittagsstunde heruntergekommen, um ihr Essen zuzubereiten.

Der Mann hat die Zwiebeln geschält, die sie aus dem Kühlschrank geholt hat und er hat die Karotten gehackt. Die Frau hat ihn gewähren lassen.

„Was willst Du?", hat sie irgendwann gefragt.

„Lass uns neu anfangen", hat er gesagt.

Die Frau hat ihm in die Augen gesehen und mit den Schultern gezuckt.

„Du störst mich nicht!", hat sie gesagt.
An diesem Tag und dem nächsten, haben der Mann und die Frau die Speise gemeinsam zubereitet und die Frau hat sie dann alleine im Wohnzimmer gegessen. Am vierten Tag hat der Mann im Garten die Hecken geschnitten und als die Frau noch immer nicht den Abendbrottisch auch für ihn gedeckt hat, ist er am fünften Tag wieder mit einer flaschengefüllten Tüte unter dem Arm nach Hause gekommen.

Von nun an hat der stete Untergang des Mannes begonnen. Abend für Abend schließt sich der Mann in seinem Zimmer ein und stellt die leeren Flaschen auf den Küchentisch. Seine Frau trägt die Flaschen zurück und reiht sie vor seiner Zimmertür auf, bis er sie entsorgt.

„Er begeht vor Deinen Augen Selbstmord", hat die Tochter neulich zu ihrer Mutter gesagt.
„Ja", hat die Frau gesagt. In ihrem Gesicht hat der Mundwinkel und die Augenbraue ein wenig gezuckt.
„Das Grauen", hat sie gesagt, „ist etwas, das ich erkenne, aber nicht mehr spüre".

Die Tochter hat ihre Mutter angefleht, dem Mann wenigstens mit Wärme zu begegnen. „Ja", hat die Frau genickt. Dann hat sie der Tochter die Hand auf die Schulter gelegt und die Tochter hat gespürt, wie die Hand gezittert hat. Die Frau hat sich an diesem Tag rasch von ihrer Tochter verabschiedet und ist zurück in das Haus gegangen und hat die vor der Tür des Mannes aufgereihten Flaschen weggeräumt und ist zu Bett gegangen.

„Er ist mein Mann", hat sie gedacht, „was ist geschehen?" Und weil sie nichts gefühlt hat, ist die Antwort im Schlaf untergegangen. Der Mann hat in seiner Unterhose vor dem Spiegel in seinem Zimmer gehockt, eingerahmt von einer Armee aus Flaschen.

„Prost!", hat er zum Spiegel gesagt. Er ist nicht mehr ins Bett gegangen. Irgendwann hat ihn der Schlaf auf den Boden hinfallen lassen. Eine Frau und ein Mann in einem Haus.

Die Nacht hält sie fest.

Inhaltsverzeichnis